父のしおり

──憧憬

石原慎太郎

青志社

父のしおり

——憧憬

石原慎太郎

◉コンテッサⅢ

航海

"1973" 25TH TRANSPACIFIC HONOLULU RACE
4th July From SANPEDRO(13:00PM) TO 19th July
HONOLULU(09.08.20AM)
CAPT Y.ISHIHARA
CONTESSA Ⅲ
JUST ON FINISH LINE
石原裕次郎 記

石原慎太郎

父のしおり——憧憬

青志社

石原慎太郎

父のしおり——憧憬

目次

第一章の「父のしおり」は、石原慎太郎、石原裕次郎兄弟の御尊父である石原潔氏の二十三回忌法要（昭和四十六年十月十五日）で近親者に配られた小冊子である。父潔氏について綴った「水際の塑像」を含めた全五作品は、石原慎太郎氏によって編纂《へんさん》され、また石原裕次郎氏の「父のこと」が特別編集された貴重な私家版作品集となった。

編集部より

装丁・本文デザイン――岩瀬 聡

一　父のしおり

水際の塑像

小さな岬のはなの崖下を廻ると、荒涼の中に、にわかに生々しさを交えた光景が拡がって見えた。

今でも鮮やかに、それらのものが眼に浮んで来る。覆《くつがえ》った巨《おお》きな鋼《はがね》の船の屍《しかばね》。その赤い腹に上る、牙のように白い波の飛沫。その生々しさが、一層、辺りの風景を荒くすさんだものにしていた。

父が死に、時経るにつれて、父のどのような思い出をたどっても、私には何故か、あの日曜日の朝、父と一緒に眼にしたものの記憶が重なり蘇って来る。

その頃私には、毎日曜日の朝、父と一緒に早起きし散歩する習慣があった。言い出したのは父の方からだったに違いない。弟も一緒だった。私たちのアルバムには今でも、母が持たせた朝の軽食を、町の水源地の側の天神境内で、朝日を浴びながらまぶしそうに頬ばっている兄弟二人や、裏山の高等商業学校の校庭のポプラの下で陽が昇る海を背に立っている私たちの写真がある。私たちが写真機を扱うのに幼すぎたせいか、父の写真は一枚も無い。

その朝も、昨夜母に特に頼んで作ってもらった朝食をバスケットにつめて、私たちは父が出て来るのを庭で待っていた。どういう訳か、日曜日なのに父に電話がかかっていた。電話は長く、待ちあぐねて先に靴をはき庭に下《お》りる私の耳に、どこかへの長距離電話に、何分おきかに「継続」と高い声で告げる父の声が聞こえていた。

電話が一旦切れ、また別の電話を申し込み父が話し込んでいるうちに、思いがけなく、その港町の支店で父の下に働く男がタクシーに乗って現れた。男は案内を乞わずに玄関を上っていき、電話を終えた父と何か話し込んでいた。

奥へせかした私に、代りに母が出て来、何か大事なことが起って今朝の散歩はとり止めたと告げた。

やがて出て来た父を私は咎め、父は、

「昨夜、海で会社の汽船が沈んだんだ。お父さんはそこへいかなくちゃならない」と言った。

「どこの海で」

「銭函《ぜにばこ》の沖だよ」

父は、私も連れられていったことのある近郊の海際のゴルフ場のある土地の名を告げた。

牛の放牧された、水際まで野芝が生えハマナスの一面に咲くのどかに遠い海岸線だった。そこでそのような事故が起ったことが私には信じられなかった。

「なぜ、沈んだの」

「昨夜、嵐があったのだ。嵐の中で、先が見えず、船が沖の暗礁にぶつかったのだよ」

父は言った。

言われて、私は、昨夜の風雨で咲いていた紫陽花《あじさい》の散り尽した庭を眺め直してみた。地に落ちた花弁は、露に濡れたまま、まだいきいきと見えた。私にはまだ、昨夜海で起ったという出来事が理解出来ぬ気がした。

車で船の沈んだ海岸まで出かけるという父に、私は自分も一緒にいくと言った。車に乗ると酔う癖のあった弟は後込《しり》みしたが、私はとり止めになったその朝のピクニックの代りにこの眼で大きな汽船の沈んだという、海を見てみたかった。

父は相談するように連れの顔を見たが、何も言わず黙って頷くと前の助手席を眼で指した。出入りのタクシーに乗る時、いつもそこが私の席だった。

陽は昇り空は晴れ上っていたが、海はまだ荒れていた。凹凸の激しい砂地の道を車は走りつづけ、そのすぐ横に、緑のないただ砂と瓦礫の海岸線がつづき、ところどころ何かの道標のように、奇妙な形をした黒い大きな木の根が水際に転がってい、打ち寄せる波のしぶきを浴びていた。人の姿などなく、沖には小さな船影もなかった。

若い陽の光を浴びながら、辺りの風物は陽の光や鮮やかな空の色とはかけ離れ、別個の世界のもののように黒々と寒く、崩れる波頭は陽の光に輝きながら、その下の海は濃い灰色に濁っていた。

いつも汽車の高い窓から眺めてすぎる風景が、その低みに下りて眺めるとこれほど荒涼としたものであることを私は初めて知った。

崩れて川口に流れ込む波が橋げた近くを洗っている、崩れかけた木橋を渡り、水際の崖っぱなをけずりとった岬を曲ると、新しい次の海岸線が開けた。そして、眼の前に、斜めに腹を見せるようにして、半ば沈み覆った船が見えた。

明るい錆色の船腹は打ち当る波の飛沫の白さとあいまって、辺りの風景の中で鮮やかなものに見えた。

車は沈んだ船を迂廻するように食い込んだ海岸線に沿って、船から最短距離の地点に向って走っていったが、磯まで三百米《メートル》足らずの間近い岩礁に坐礁し覆った巨きな船は、どの角度から眺めても私の眼には非現実なものとしか映らなかった。

それは、航路を誤まり、沖から押し流され岩にのし上げた、と言うより、湧きたつ海の中から突然浮き上り出現した巨きな怪物、と言うか、怪物の蜃気楼《しんきろう》のように見えた。

そしてまた、船橋の半ばを水中に突っ込み横倒しになった本船は何故か、本や絵から想像するだけで私がまだ見たことのない、人間の屍体《したい》を連想させた。それは、私の想像通り、確かに息絶え横たわりながらも、尚一層、灰色の辺りの光景の中で鮮やかなものに見えた。

眼にしているものが現実であると自分に言い聞かせながら、私は、この世の中では、在り得べからざることも尚、矢張り在り得るのだということを覚ったような気がしていた。

今になって思うが、私が漠として予感したものは、その時の私にとってははるかに遠い筈のものながら、矢張り自分にとっても在る、死というものについてだったかも知れない。後に、生れて初めて人間の屍体を見た時に感じたよりも強い、何かの予感に私は襲われていた。


長い海岸線の中央近い地点に人々が群れてい、どういう訳か、赤い消防車が一台止っていた。車は、すぐ眼の前の海の中に横たわった船に比べ、海岸に咲いた花ほどのひ弱い、小さなものに見えた。

人々は車から下り立った父を迎えとり囲んだ。

その足元に、何に使ったか太く長いロープが砂にまみれて置かれてあった。ロープは長く延び、その端は砂の上に乱雑に束ねて重ねられてあったが、片方の端は波打際に没し、波が

◉小樽市緑町にあった2階建て洋館の石原邸。兄慎太郎は5歳から11歳まで、弟裕次郎は3歳から9歳までここで暮らした。晴れた日、2階から小樽の海が一望できた。出生地、神戸を含めすべて海が見える場所で過ごした。

◉父潔に連れられてよく訪れた小樽近郊の海岸。左が弟裕次郎、右が兄慎太郎。海が見える場所で過ごした。

打ち寄せる度、その部分の綱は生きもののように自ら鈍くうねって動いた。

私はおぞましいものを眺めるように、砂に汚れたロープを眺めていた。それは何故か、私がたった今予感したものを、卑俗に現実化し示しているように思えた。

群集のうちの何人かと父は熱心に話し合っていた。人々は父の到来でようやく活気づいて見えた。誰かが父に向って頷き、仲間を促して消防車をどこかへ向って走らせていった。

私は乗って来た車にもたれたまま、それらを眺めていた。父が眼の前の光景の支配者に見えた。その父が、この後、この出来事を、もう一度私に向って何と説いてくれるかを私は期待して待った。

暫くし、父は消防団衣を着た一人の男と連れだって人々から離れた。父が近づいていく目的は、私からも等距離にある斜め上手の、そこだけとり残されたように荒い野芝の生えた砂地のもり上りだった。私は海に背を向け、父を追った。

追いすがった時、父は私に気づかず、野芝の上に覆われてあった、消防団の印のついた分厚いカンバスを手にし持ち上げた。

覆《おお》いの下に人の顔があった。三人並んで見えた。私にはすぐに、一番手前の顔が誰であるかがわかった。私はそれを、彼が着たままの制服の肩章の三本筋で確かめることが出来た。

その一等航海士は、去年の夏、船長と一緒に父に招かれて家へやって来た。土産に下げて来たよく熟れた西瓜に、彼がウイスキーで溶いた砂糖水を注ぎ込んで食べさせ、私や弟を酔わせたのだ。饒舌で、私たちにはよくわからない、多分、横で聞いている大人の方が面白がるようなきわどい冗談を言い、人を笑わせていた。言われたことの訳がわからなくても、私たちにとって彼は好もしい男だった。母は彼のことを、西瓜の一等航海士《チョッサー》と呼んで噂していた。

連れをふり返り何か言おうとした時、父は私に気づいた。その時、父が何故そのようにひるんだ顔をしたのか私にはわからなかった。それをこらえ、近づいた私を叱ろうとし、そして、それも思いとどまった。一度、下しかけた覆いをとどめたまま、父は何故か試すように私を見つめた。急に他人のような顔だった。

「西瓜のチョッサーでしょう」

私は言い、父は頷いた。

「死んだの」

「そうだ」

覆いを握ったまま父はもう一度頷いた。

「ごらん、綺麗だろう」

自分に向って言うように言った。その声はふとおびえているようにも聞こえた。

チョッサーの顔は肌が青ざめ澄んだように綺麗だった。それは、私が自分で口にし訊ねた、死などというものの表情とは全く別のもののように思われた。少し乱れた髪がそのまま額に黒くはりつき、彼は何の表情も浮べず、静かに眼を閉じていた。睡《ねむ》る、というでもなく、それは全き静けさに形造られた塑像の表情だった。それは、また決して、あの覆った本船の船腹のように鮮やかに生々しくもなかった。

自分が感じたものと、一向に符合しない眼の前のものの印象を、私はどう自分に納得させてよいのかわからずにいた。私は怖れてはいなかったと思う。しかし、その時感じられた、体の内の強いわだかまりが、初めて眼にした死の無気味さだったのかも知れない。

質《ただ》すように私を見つめながら、父は手にしていたものをゆっくり元に戻した。

今、生れて初めて眼にしたものについて、納得出来ぬまま、私は何か言うべきだと思った。

父も何か言おうとしていた。

「死んでいないみたいだね」

「死んだのだよ」

静かに、しかし押しつけるように父は言った。

「チョッサーは、ロープを体に縛って海を泳いだんだ」

それがどういうことかわからなかった。

父は覆い直したものに向って合掌し、私もそれに倣《なら》った。しながら、私はこの瞬間、自分が眼に見えぬどこかで、父に向って一歩近づいたような気がしていた。

踵を返し、父と私は海に向って戻った。

歩きながら、

「チョッサーは真っ暗な、大嵐の海に一人で飛び込んでいったのだよ。多分、自分でも助からないかも知れないと思っていたのだろうけれど、そうしたのだ」

「どうして」

父は答えず、黙って見返した。

「誰のために」

父が答え易いように私は訊き返した。私にはその時父が、何かひどく重いものを背負っているように見えた。

「みんなのためにさ。そして、自分のためにもだ」

「自分の」

「そうだよ、自分のためにもだ。どうせなら、黙って死ぬことはない。死ぬことだけなら、そんなにたいしたことはない。人間は誰でもいつかは死ぬのだからな」

自分へ説くように言った。

「それはそうだね」

先刻感じた以上に父に近づくつもりで、私は言った。

何か言いたそうだったが、父は黙って頷くと、代りに手をのべ私の手を曳《ひ》くと、みんなのところへ戻っていった。


死というものが、私にとっても身近に在り得るということを、改めて、強く感じたのは、それから数年してのことだった。

まだ三十代の終りか四十になりたての頃だったと思うが、父が初めての脳溢血の発作で倒れた。小学校から帰ると、いる筈のない父が、それも茶の間に床を敷いて寝ていた。父は私や弟に微笑《わら》い返したが、母が二人をかたわらへ呼んで厳しい顔で静かにするように命じた。

朝、出がけに気分がすぐれず横になり、呼び寄せた医者が血圧を計り驚いてその場で安静を命じたのだった。私たちには日頃頑健な父が横になっていることが珍しかったが、父や母にとっても初めての出来事だったに違いない。父よりも、母がひどく緊張しているのがわかった。その夜、私の知る限り初めて、母は父と一緒に茶の間で寝た。

翌日の日曜日、私たちは市中の映画館へその頃評判の映画を観にいく筈だった。私はその少年向きの原作を本で読んで知ってい、映画がやって来るまで弟と一緒にその物語の真似を

◉弟石原裕次郎7歳、兄石原慎太郎9歳。

して遊んでいた。

母の都合が悪いのなら、女中と一緒に出かけるとせがんだ私へ、母は初めて、

「お父さんの病気はとっても重いのよ。あなたたちがわがまま言って静かにしなかったら、死んでしまうかも知れなくってよ」

と言った。

私には、それが母のつくりごとにしか聞こえなかった。しかし、尚せがんだ私を、母は頑なに、というより、頭からとり合ってはくれなかった。

午後になって、医者がやって来て父を診た。医者も母も緊張した面持ちだったが、父は私たちに向ってと同じように微笑して話し合っていた。その表情が、母が私に言った言葉を在り得ぬものに思わせた。その時私はふと、いつかあの海辺で見た、西瓜のチョッサーのことを思い出していた。チョッサーは死んでいたが、じかに眼で見たあの顔は、決してそうと感じさせはしなかった。

私はその連想を自らに不吉と咎めはしたが、しかし、微笑して話している父の表情は、あの時以上に、母の告げたことに、そぐわぬものに思えた。

少しして、遊び道具を庭からとりに上り、見当らずに母に訊ねようと茶の間の襖を開けた時、医者が太い注射器で父の腕から採り出した血を、傍の洗面器に空けるのを見た。洗面器

は、すでに血で一杯だった。

立ちすくみ、父の顔を見直してみた。急に青ざめた顔で、父はかすかに眼を閉じたまま、天井を仰いで動かなかった。

父が死んだ、と思った。洗面器に溢れそうな血と、父のその表情からその時私が感じたものは、端的に、それしかなかった。

が、その時、父は仰向いた顔を廻《めぐ》らし、眼を開くと、医者に向って何か言ったのだ。医者は黙って頷いてみせた。母が血を受けた洗面器を持って立ち上った。

母は私を眼で追い、黙って前を通りすぎた。その時、私はやっと母が言ったことをようやく理解していた。何よりも、白い洗面器に一杯の、濃く赤い、父の酒棚にある舶来の酒のように艶やかな血の色が私をおびえさせた。容器を支えて母が歩く度、それは容《い》れものの中で重く揺れていた。それこそが、私が秘かに想っていた死と符合するものだった。或いは父は死ぬかも知れない、と私は初めて秘かに思った。

以来、子供ながら私は、父の健康に関して、血圧とか瀉血《しゃけつ》という言葉を覚えた。そして何よりも、或いはこの巨きな、頑丈な父が死ぬかも知れぬものなのだ、ということを。

家系から見て、父の高血圧症は先天的なものだったのだろうが、それまでの父の生活がそうした要素にことさら輪をかけていたに違いない。

それから更に数年して、父の末弟の、父が幼い頃から一番眼をかけていた、気性も体つきも父そっくりの叔父が、心臓麻痺で死んだ。その出来事は父に衝撃を与えたようで、それ以来、父は健康に関しての母の叱言《こごと》に殆ど口ごたえしなくなったし、日常、今まで以上に健康に注意するようになった。

斗酒《としゅ》辞さなかった酒を殆ど一滴も口にしなくなったし、あまり口にしなかった煙草は完全に断った。その頃、大演習で移動中の大部隊が民宿するという催しがあり、私の家に年配の大尉とその従兵と、軍刀を吊った曹長が泊った。父は彼らに、収ったまま口にしなかった舶来の洋酒の何瓶かを薬用にと言って寄贈し、思いもよらぬ贈りものに彼らが相好を崩し低頭していたのを私は今でも覚えている。

煙草や酒断ちだけではなく、父は人から伝え聞いた高血圧の自宅治療法のいくつかを、とりかえひきかえし始めた。

死ぬまでの十数年間、父があれこれ試した療法を私は幾つも覚えている。父がその頃用いた灸の特殊な艾《もぐさ》の臭い、煎じた薬草の香、或いは特殊な電気の器具の震動音など、確実な日付ではないが、おぼろげな暦の裏打ちでその時代時代の思い出として今でも浮んで来る。家庭でそれを行う時、父は日頃になく神妙になり、且つまた真剣だった。

だが、子供心の記憶に残るほど、その種類が多く、方法がしばしば変ったのは、新しいもの好きの性癖からか、それとも、そのいずれもがあまり効果がなかったせいだろう。が、いずれにしろ、父がそうした療法にあるものを託していたことに違いはない。気取り屋で、子煩悩で、頑なで、反面神経質な父だったが、それをしている時、子供の眼から眺めても、父は何かに向ってひどく従順に見えた。そしてそんな折の父は、何故だが一人ぼっちでもあった。

夏に近いある休日の夕方、前庭に紫陽花の咲いた奥座敷で、薄暗い部屋の畳に裸に近い姿で仰向けに寝そべりながら、最新の超短波を云々という電気療器を額に当て仰向いている父の姿を、何故だか不吉な印象で眺めたことがある。黄昏の忍び込んだ座敷の中で、傍の機械についた青い小さなランプだけが庭先の紫陽花のほの白さに比べて鮮やかに見えた。

父は父なりに、眼に見えぬ何かに向って懸命に抗《あらが》い自分を支えようとしていたのだろう。それは私にも感じられてわかった。しかし結局、私たちには、母にも、それにどう手をかすことも出来なかった。

子供心にそれを感じたのは、父が、自宅で断食を行った時のことだ。一度ならず、三度、父は家で断食を行った。それも、専門の断食院でもかなり困難とされる長期の断食だった。

私たちはその側で平常の生活を行うのだが、長い間食を断ち、表情や眼つきまで変った父と一緒にいるのは、ある時には怖しく、やり切れないものがあった。

父が何故そんなことをするかは充分心得ていても、一人だけ飢えた父親と同じ屋根の下に住むということは、なんとも気の毒で、おぞましい気さえした。

後で聞くと、二週間の絶食、前後合わせて四十日近い断食行は、その道に相当に馴れた人間でなくては出来ることではなく、まして自宅で、他の家族が目の前で平常の食事をするのを見ながら行うというのは並の人間には先ず不可能なことだそうだが、父は実際に、前後三度、それを行い、それも絶食する前の、減食期間の初めの何日かは平常通り会社にも出ていた。

一体何故、父がそれを病院や専門の断食院で行わずに家で行ったのかはわからない。私もその訳を父にも母にも訊ねたことはなかった。

それは父にとって長くつらいものだったろうが、私たちにとっても長く、やり切れないものだった。

重湯も今日が最後で、明日からは絶食というような日、父はまだ笑って冗談を言った。しかし、水だけの絶食が一週間を越し十日に近くなると、その形相は変り、眼つきも険しくなった。

だが、いつでも、決して弱りはしなかった。そんな父が私たちには、いつ以上に怖しいものに見えた。

日中寝もせず、椅子に坐るか、部屋の柱にもたれて坐っていた。冬時には、ストーブの前に坐り、黙ってじっと火を眺め、新しい薪や石炭を足していた。

子供心に何よりも厭だったのは、食事の時、父がすぐ側で黙って私たちが食べるのを見つめていることだった。そんな時の父の顔は、正しく飢えてい、その眼はいらいらと険しかった。

私や弟が食事のことで母に不服を言ったり、無いものをねだったりすると、父は険しい声でそれを叱った。

多分、平常でも同じことを言ったのだろうが、その時の私にはそうは感じられなかった。そんな時、父の自宅での断食は、私たちにとってはた迷惑な、わがまま勝手なものに感じられた。

母も、弟さえもそう感じていたろうが、結局誰も口には出さなかった。口にした時、それが父をどのように傷つけ、怒らせるかはよくわかっていた。

食事の度、特に、楽しい筈の夕飯時、父の断食の間中、私たちは盗むようにして食事した。私や弟が父に気づかい、不満はあっても我慢し黙って食べていると、それを察したように、父は、食事の行儀について急に叱ったりした。

要するに、飢えた巨きな獣を前に食べているような気持だった。それが鎖に繋がれ、飢えるだけで決して飛びかかっては来ないことは知っていながらも、食べながらいつもおびえていなくてはならず、自分にあてがわれたものを盗むように、急いで食べた。

父を断食の庭に繋いでいた、眼に見えぬ鎖は一体何だったのだろうか。或いは矢張り誰かが後で言っていたように、勇気と呼ぶべきものだったろうか。

しかしいずれにしろ、それはどう加担することも出来ぬまま、私たちには迷惑なものに違いなかった。

日がすすみ、飢えていくまま、父の神経がますます研ぎすまされていくのが感じられてわかる。しかし、それを表に現すだけの体力がもうないのか、黙っている父はもの憂そうに見えたが、それでも、私には父へ話しかけることが怖かった。

がまた、必要以上に父を避けると、父の方で声をかけて呼び寄せ、学校でのことがらについていろいろ質す。答える時、私は、何か一つ、隠されている禁句をうっかり口にしてはならぬように、父の顔色に気づかって話さなくてはならない。

飢えた父は変り果てて見えた。顔色はどす黒く青ざめ、頬はそげ、眼ばかりが光り、別人、というより、違う生きもののように見えた。しかし何故か決して小さくは見えなかった。

そんな父がストーブの前にうずくまり、一人で火に見入っている時、特に、それを斜め後ろから眺める時、幅広く厚い肩がいつになくじっと静止しているのを眺めながら、父が何かのために耐えている、ということだけは痛いようにわかった。

しかし尚、私には家で断食をしている父を好きになることは出来なかった。

断食がすすむと、父は臭った。妙な体臭が出、朝夕口をすすぎはしても、口臭があった。子供の眼にも日頃お洒落《しゃれ》で身だしなみのよかった父が、そんなありさまになることに耐えられぬ気がした。

断食を明日明後日に終えるというある日の午後、父は私を呼び後ろからかかえるようにして膝に抱いてストーブの火をいじっていた。私は逃げ出したかったが、我慢していた。そのうち私は、先刻母が言っていたことを思い出し、わざと父に、後何日で食べられるようになるかをもう一度質した。

父の相好が崩れた、と私は思った。

「明日だ。重湯の後、次の日は、馬鈴薯のこしたのを」

父は言った。そして、その口が強く臭った。顔をそむけながら、私は何故かその時はっきりと、以前、あの荒磯で見た、死んだチョッサーが曳いて泳いだという、水際に置かれてあった砂に汚れたロープを思い出したのだ。

私はその時、抱かれながら心の中で父から眼をそらした。

それきり父は何かを待つように、抱いた私の背へ顔を埋めるようにじっと動かなかった。

ふと、重湯が明日となった今なら許されるような気がし、私は訊ねてみた。

「なんで断食なんかするの」

「死なないためさ」

挑むように父は答えた。或いはその時、父はこれで、それを越えたと思っていたのかも知れない。

「お前たちが大きくなるまではな」

その言葉は私をどう動かしもしなかった。

私はただ、当然の答ながら、それだけのためにこんなことまでしなくてはならないのかと思った。

「お父さんは死んだりしないよ」

私はおもねって言った。

「ああ、死にゃしないさ」

急に元気づけられたように、きっぱりと父は言った。私は率直に、それが納得できたような気がした。

断食を終え、父が重湯から始めて食べ出した時、私たちはやっと父と一緒に解放されたのだ。

　そして、十日ぶり、二週間ぶりに初めての重湯を口にする時、母は捧げるようにしてそれを手渡し、父はさりげなく、しかし、しっかりと吸い飲み器を手にし、その後、見守る私たちの前で笑ってみせた。

　それは、心を打たれるほど、無垢な子供のような笑顔だった。見ながら、父がようやく蘇ったのを私たちは感じていた。手にしたものを一口ずつ、味わい嚙みしめるようにして父は飲んだ。

　長い絶食の後、食物を口にする時の父の表情は、今までとうって変り、満たされ輝き、そして、誇らしく、雄々しくさえ見えた。そうやって、長く苦しい試みの後、今、父が将《まさ》に得たものが何であるかが私にもわかるような気がした。

　少なくともその時は、父は、自分に向ってせまって来る、眼に見えぬ敵に対して勝つことが出来たように見えた。私はそう信じた。

　しかし父のそうした努力も、結局は父が相手にしたものにはかなわなかったようだ。

　北の港町から東京へ戻って暫くし、私が中学生だった頃の秋、二度目の発作が父を襲った。

　その時も、父は会社への出がけに玄関で気分が悪くなり、茶の間に横になりそのまま何週間か寝ていた。主治医だった母の友人の女医が来て瀉血し、母はそれを運んで捨てていた。みんな以前に見たと同じ光景だった。父は前と同じように、少し照れたように微笑してみせたが、その表情は以前よりも不安気で、心外《しんがい》そうでもあった。

二度目の発作で起きた舌の小さなもつれが癒《なお》ると、父はすぐに会社へ出ていった。戦争の後の企業解体で会社は分割され、そのうちのひとつを、先輩たちの多くが退陣した後、父が責任をとってやっていた。当時の経済情勢からいって、船の仕事は一番惨めな時代だった。

その頃父は会社の部下の、それも若い社員たちをよく家へ連れて帰ってはもてなしてやっていた。

昔のストックの洋酒を一本とりだして当てがい、思いがけぬ供応に喜ぶ彼らを眺めながら、そのつき合いに、小さなショットグラスにただ一杯の酒を、彼らが瓶を空ける間中なめるようにしていた。いかにも、その酒が旨くてたまらないようで、眺めながら私はふと断食明けの父を思い出した。

父は、社員たち、仲間内で、人望が篤《あつ》かったようだ。与えられた仕事に、父は父なりのやり甲斐があり、懸命にやっていたのだろう。子供の私にも、それは感じられてわかった。

家へ来て酒を呑んでいる社員が、父のいないところで、当時大きな疑獄事件に連坐したある銀行の頭取が、父のような人があの会社にまだいるようならあそこも大丈夫もつだろうと

◉愛媛県宇和島出身の父潔は、旧制中学を卒業後、同志社大学に進学が決まっていたが、同郷の実業家山下汽船の創始者山下亀三郎氏に誘われ山下汽船に入社。海の男となった。

◉兄弟の母光子は、夫潔の死後、苦しい家計をやりくりしながら2人の息子を育てた。

言っていた、と話しているのを横で聞き、私は父のためにひどく嬉しかった。

しかし結局、その仕事と、自分自身の健康を秤《はかり》にかけなくてはならぬ羽目になった。医者に充分な静養を説かれながら、無理を押して出ていく父と、母が口論するのをよく聞いた。

頑なな父を相手にして結局どうなることもない諍《いさか》いだったろうが、その挙句、父はよく子供のように、「死んだってかまわぬ」と言って後ろ手に戸をたてるようにして出かけていった。

二度目の発作の後、それまで暫く途絶えていた自宅での療法がまた始まった。いろいろな道具を持ち帰り、一人で出来ぬ時は、母に手伝わせ、そんな時、二人は何故だか黙りこくって作業をつづけていた。血圧に効くという灸の、艾の下に敷く、特別な薬をしみ込ませた綿地をとり換える母の手の下で、背を丸めうつむいたまま、父は悪戯で怪我をして介抱を受ける子供のように、ひどく従順でもあった。

三度目の断食もした。しかしそれも仕事のせいか、以前のように充分の長さがとれず、途中から、日数を端折って縮めたようだ。

断食の最中も、父は日に何度となく東京の事務所に電話し、打ち合わせをしていた。縁先の日だまりに、籐椅子に腰をかけ仰向きながらも、父は焦って見えた。焦っている父は、以前の断食で感じたように険しくもなく、何故か弱々しく見え、私は初めて不安なものを感じた。

　三度目の断食を終えて会社へ出だした後も、健康に戻ったようには見えなかった。今までに殆どなかったことだが、月に一、二度、二日三日とつづけて会社を休んだ。休む以前に、自分なりに何か体の異常を感じてのことだったろうが、それを母にも言いはしなかった。後になり、社員から聞いて驚いたことだが、二度目の発作で倒れた時も、その正しい訳については社の誰にも打ち明けてはいなかったそうだ。

　父の体具合がすぐれない時は、私にもわかった。何よりも、舌がもつれるのか、何か言いつけられた時の父の言葉が聞きとりにくくなる。聞き返すと、自分で知っているのか不機嫌な顔をした。動作が大儀そうで、特に坐っていて立ち上る時、一度体の内の何かを測るように身構えた後、自分をかばうようにして立っていた。

　私の眼にも、父が危うい綱渡りをしているのがわかった。しかし、それを踏み外した時どうなるかということには実感がなかった。あんな断食をし終えることの出来た父なのだから、結局最後にはどうにか持ちこたえ渡り切るだろうという、漠たる期待、というより、漠たる信頼のようなものがあった。

　父が何のためにそんな綱渡りをしているのかということも、私には理解出来たつもりだった。社員が噂していた、ある銀行の頭取りの談話を思い出すことで、私は、母と違って、そんな父を許してもいたのだ。

　ある朝、駅で忘れものに気づいて家に戻った時、父の部屋で身仕度を手伝いながら母が何か言って父を咎めていた。応えて父が、

「人間の体のことなぞ他人にそう簡単にわかるか。俺のことは俺が知っている」

「相手は医者です」

「医者だろうと、何だろうとだ」

「先生がそう言うだけじゃなく、本にだってちゃんとそう出ているじゃありませんか」

「本は本だ」

　子供が通らぬ理屈を言い張るように父は言った。

「あなた、あの本を本当にお読みになったのですか」

「読んだよ」

　不機嫌に言った。

「だって本には、眼底の出血があった時は――」

　言いかけ、母と父は開いたままの扉の前を通りすぎた私を見送った。

「つまらぬことを、子供に聞こえるような声で言うな」

「つまらなくありません」

母は私にまで聞こえるように、言い返していた。

その日の夕方、私は、二人が話していた本について質したが、母は曖昧に答えただけで明さなかった。

次の日、私は父の書斎に入りそれらしいものを辺りに捜してみた。何故か父や母に隠れてでもそうする必要があるような気がした。

捜したものは、父の机の右側の開きの中に置かれてあった。禁煙したきり使わなくなった、それでも時々とり出しくわえては磨いている二三本のパイプと一緒に、その本は収われてあった。

表紙に、主治医である篠田医師の大きな蔵書印が捺《お》されていた。

本は、高血圧症に関する専門書で、篠田医師が自分で引いた赤インクのアンダーラインが方方にあった。が、本の半ば近く、新しく折り込みの印のついた頁に、新しく、インクではなく赤鉛筆で太く記された行があった。誰が記したのかは知らぬが、導かれるように私はその箇所を読んだ。

「――早発的な高血圧症において、眼底に出血が発見された時、特に間隔的な軽い発作の後においては、次の大発作は最低三年以内に予想されることが、症例の統計的考察によってほぼ断定出来る。かかる場合の大発作は、患者の体質に応じた治療法によって幾分の延期は期待出来ても、それを全く避け得るということは殆ど期待出来ない」

私は繰り返し読んだ。読み返しながら確かめたが、私が怖れながら期待した、死という字はどこにも記されてはいなかった。

赤線の記された字句を、私は私なりに解釈しようと努めた。しかし、それはどう読み直してもそれだけのことでしかなかった。

父がこれをどう受けとっただろうか、と思った。父の眼底に出血があるということは、聞いて知っていた。そのために一月ほど前、父は御茶の水の眼科へつめて通っていた。

新しい患部が見つけられ、そのために新しい医者にかかったり、新しい療法をとり入れたりする度、父はまるでそのことで今までの憂いがすべてとり去られる筈でもあるかのように、私たちに説いて見せた。そしてその度、少なくとも私は漠然とそれを信じて来た。

記された大発作という言葉が何を意味するか、私は目次を確かめ他の頁をくって確かめてみた。その項の載った頁に折り目はなかったが、読むものを意地悪く待ち伏せていたように、同じ赤線が太く引かれてあった。

大発作が意味するものは、大方の場合、突然の死か、半死の果のゆるやかな死でしかなかった。しかし、そこでも私が怖れた字は記されてはいなかった。読み直した後、私は、多分父がしたと同じように、行間の微細な隙き間を縫って逃れ、そこに記されたものが父にとっては当てはまらぬだろうことを信じようとしたのだ。

しかし、本を閉じて元に戻した後、自分を捉えた新しい不安を感じぬ訳にいかなかった。私はそのことを母には明かさなかった。ただ、いつか折を見て父と話し合おうと思った。父と話すことで、父と一緒に、あの本に記されたことがらから逃れられるのではないかというような気がした。それは父のため、と言うより私のためにだったが。

しかし、結局それを父に向って言い出すことが出来なかった。そのことを胸に父を眺め直してみると、父もまたあの本を読み、そのことについて知っているということが、急に重苦しく私たちを隔てた。

あれを読み、あのことを知ることで、父は一体新しく何を負うたのだろうか。私はただ、父が眼に見えぬ何を重く背負ってその綱を渡っているかを知りつつそれを眺めているだけだった。

その本を読んだ後のある時期、父が何かで私に向って笑いかける度、刺されるようにその笑顔を感じることしか出来なかった。そんな私に、父は、この頃どこか元気がないぞ、と言った。

私がそんな状態を通り越し元に戻ったのは、結局、父のせいだったと言えるだろう。父が、私をそのことに馴れさせたのだ。軽業師の子供が、新しい曲芸をしている親を眺めて結局馴れてしまわなければならないように。

その頃からまた、父の仕事は忙しさをましたようだった。仕事のための接待やなにかで、帰りの遅い日が増え、遅く帰った翌朝、東京からの電話で、不機嫌にそれでもきちんと起き上って電話に出る父をよく見た。

接待の宴席は他人にまかせられないのですか、とよく母が咎めたが、父は、出来ぬと言った。今になれば私にもそれがよくわかる。

父のよく使う料亭の別宅が近くにあり、女将は時折戻って来る度、母へ挨拶に廻って来たが、いつか、「ご自分だけお酒を召し上らず、昆布茶一杯でそれはお見事に席をもたせておいでなのですよ。でも、あれでは一層気を使われてお疲れでしょう。家のものも蔭で案じておりますのです」と言っていた。

確かに父は疲れていた。毎朝、洗面の後仏壇に向って短い経をとなえて上げるその声が、床の中で夢うつつに聞いていても、もつれて、毎朝聞くままに覚えてしまった経の文句が、さだかにわからぬことがあった。自分でも感じるのか、その度、父は大きな咳ばらいをして自分で自分をごまかしていた。

ある日曜日、午後早くから体が空いて部屋にぼんやり一人でいた私を、父が散歩に誘った。私は頷いてすぐに立った。この頃珍しいことだったし、父がもてあました時間を自分が塞いでやれるということに、私は気になっていた自分の責務の幾分かを果すことが出来るような気がしたのだ。

人の出た砂浜を横切り、入江の向いの山に登り尾根を伝って歩き、行き当りばったりに途中の小道をまた海岸へ下りた。水にせまった山に囲まれた人気のない小さな砂浜があった。長らくこの近くに住んでいて、そこにそんな場所があるのを私はそれまで知らずにいた。

岬の突端に近い荒い海岸線を形作った、凹凸の激しい岩盤の上に、どこから運ばれて来たのか、白い砂が敷かれ、砂地につづいた草むらに誰に手折られることもなく早咲きの野菊のような薄い紫色の花が咲いていていた。

そして砂浜の沖側の端の崖の上に、漁師がしたのだろう、厨子《ずし》ごと石に彫り込んだ地蔵らしい仏像が据えてあった。海の荒れる時波がそこまで打ち上るのか、像の表は潮にただれ眼鼻の形はもうさだかではない。その前に、誰が置いたか、荒い藁で束ねた花束が横たえてある。花はとうに干からびていた。

思いがけずいき会った見知らぬ砂浜を、父と一緒に見廻しながら私は幸せを感じていた。小さくはあったが、他を隔てた世界に、今自分が父と二人だけでいるということに、何故か戦きのようなものさえ感じかけていた。今、この場所で父に向って言いたいこと、言わなくてはならぬことが沢山あるような気がし、そしてまた急にそれが何であったかがわからなかった。

私はそれを思い出そうと努め、父の顔を見、見返されると慌てて足元の砂地やその向うに咲いた花たちを眺め直した。

やがて思い当った。今こそ、あの本のことについて話すべきではないのだろうか。しかし、私は急におびえ、そのこと、と言うより、何故かそれを父に向って話すことについて、どう言い出していいか知れずにいた。

「岬の端はここから近いんだろう」

父は訊ね、先だつように歩き出した。が、何かに行方を塞がれたように急に立ち止り、ちらと私をふり返ると、石仏の置かれた岩の近くに腰を下した。

顔色が急に青かった。黙って隠すように、父は片手で額を支えた。

「どうしたの」

立ちすくんだまま訊ねたが、暫くして、

「休んでいこう。ちょっと気分が悪い」

つぶやくように言った。

「大丈夫」

大儀そうに体で頷いて見せた。

「どうしたの、歩けないの」

「ああ。ちょっと休もう。眼まいがする」

「眼まいが」

私は叫んでいた。

私がたった今しようとしていたことを塞《ふさ》ぐように、眼に見えぬ邪悪なものが、私と父を隔てにやって来たような気がしたのだ。怖しいほど鮮明に、私は父の書斎で読んだものを思い出していた。

「誰か、誰かを呼ぼうか。僕駈けていって、お母さん、いや電話で、篠田先生をここへ」

とり乱して言う私へ、うつむいたまま手を挙げてとどめると、

「慌てちゃ駄目だ。お父さんまでが怖くなる」

父は言ったのだ。

その言葉に、刺されたように私は急にその場を動けずにいた。

自分が今すべきことを知らされた思いだった。言われた通り留り、私は父と一緒に、今、そのものに耐え、ここで勝たなくてならないのだ。

私は黙って立ちつくしていた。父もじっと動かなかった。

周りで世界は静止し、二人を見守っていた。その中で、私は父と一緒に耐えた。入江の水を隔てたはるか向うの海岸に遊ぶ人たちの姿を眺めながら、ようやく陽の翳った狭間の底の砂浜で、私は父と一緒に、懸命に、眼に見えぬ何かを分って背負おうとしていた。傾いていく陽の影と一緒に忍び寄ろうとするものを私は感じ、殆ど見たのだ。その姿がはっきりと知れた時、私は叫んで、足元の石を手にしそれに向って突き進んだだろう。

身構えながら怖しかった。その時ほど、眼に見えぬものを感じ、それを怖しいと思ったことはない。そして父のためにそれをこらえた。

父はかすかに喘いだ。私は解かれたように歩み寄り、黙ってその背をさすった。されるまま、父は動かなかった。動かぬその背をさすりながら、時折、私は手を休めて押すように父の背に触れ直してみた。その背は厚く暖く、芯に深く脈打つものがあった。私はそれを奪われまいと、この二人だけの世界に押し入ろうとするものに眼を凝らしつづけた。

暫くし、

「もういい。大丈夫だ」

父は言った。

下りて来る黄昏の冷ややかさが父を蘇らせたようだ。

それでも尚、父は体を起し坐り直したまま、そこを動こうとはしなかった。

「一度に歩いてはいかんな」

やがて、言い訳するように言った。

「疲れてるんだよ。疲れて血圧が上ってるんだ」

母を真似し私は言った。

「そうだな」

素直に頷いた後、

「家へ帰っても黙っていなさい。お母さんがまた余計な心配する、いいな」

何故か私は頷いた。この場所での父との出来事は、すべて自分一人で背負いたいと思った。

「仕事が忙しすぎるんだよ」

「そうだな」

「休めないの」

「今は休めない」

「どうして」

「お父さんがいないとみんなが困る」

「みんなのために体を壊して、死んでしまうよ」

「そうだな」

父はふり返り、微笑って見せた。

「しかしね、お父さんは今仕事がしたいのだよ」

「体を壊してまで」

「そんな時があるのだな、誰にでも」

自分に向って言った。

「責任がある、自分一人に責任があるということが、何より大事なことに思える時がな」

「体を壊しても」

くり返し、訊ねた。

「そのことが怖いと思っていても、しなくてはならぬ時があるのだよ。怖いと思っても、一所懸命、それと競争しなくちゃならぬことがね。それに負けて、退してしまうと、後できっとても後悔するのだな」

「どうして」

「勇気がなかったとかね――」

「だって仕方がないじゃないか」

抗がうように言った。

「仕方がないかな」

自分に問うように言った。

暫くし、

「西瓜のチョッサーのことを覚えているか」

父は訊いた。

「銭函で、船が沈んだ時、死んだ」

「そうだ。お前も、見たな。チョッサーが体に縛って泳いだロープを」

「見た」

「あれが、あのチョッサーの仕事だった。チョッサーは、大きな波と競争して泳いだ。あんなことをしなくても、みんなは助かったかも知れないのに」

「そうなの」

「そうだよ。でも、そんなこと、誰にも始めからわかりゃしないだろう」

「そうだね」

何かを半ば解せぬまま、私は頷いていた。何故だか今頷くことが父のために必要に思えた。

陽が暮れてから私たちは立ち上って帰った。立ち上る時、

「もう少ししたら、一段落して忙しくなくなるよ」

私へ、と言うより、自分に言い訳するように父は言った。

父の仕事で、入札という言葉を初めて聞いたのも帰り道だった。私が質すと、父はその仕組について詳しく説明してくれた。近々あるその入札を、父の会社が落せば、仕事が大層都合よく楽になるということも。しかし、その確率が殆ど五分五分で、そのためにどこもみんな同じようにしのぎをけずっているというようなことを父は、誰か他の大人に説くように話して聞かせた。それは多分、私にとっても父にとっても初めてのことだったろう。

遅く戻り、疲れたと言って食事の後すぐ横になった父を見、母は私に、

「お父さんに無理させたんじゃないの」

質したが、私は黙っていた。


それから暫くし、ある祭日の前日、出かける前、父は私に、その日あの入札が行われるのだと告げた。

「勝つように祈っているよ」

言った私へ、父は静かに頷いて見せただけだった。その夜、遅くまで父は帰らなかった。

翌朝起きると父はまだ睡っていた。遊んで昼前に帰ると、珍しく父は朝風呂をたてさせ入ろうとしていた。父の方から私を一緒に誘った。

湯舟に入りながら、私は思い出し、昨日の入札がどうだったかを訊ねた。

「ああ、あれか」

父も忘れていた遠い以前のことを思い出したように答えた。

「あれは、駄目だったよ。矢っ張り、駄目だった」

その口調につられ、

「そう、残念だったね」

すらりと私は言った。

「ああ、残念だったな」

言って父は微笑して見せた。何の翳りもない、ひどくおだやかに安らいだ、透きとおったような微笑だった。私が父に見た、最も美しい、最も懐しい、最も素晴しい笑顔だった。

湯舟から出た私を、父は待っていたように捉え、自分を洗う手を休め洗ってくれた。私たちが幾つになっても、一緒に風呂へ入る時父は決ってそうした。

父が私の全身を洗い終った時、私は、黙って父のタオルをとり、父の後に立ってその背中を流し出した。生れて初めてのことだった。別に何の感傷もなく、自分で気づかぬうち素直に私はそうしてい、父は、黙って背を向けていた。

その背をこすりながら、私はふと、あの崖下の小さな砂浜で父の背をさすったことを思い出していた。

何かもっといろいろなことを、今、父のために言ってやりたいような気がした。しかし、黙って動かぬ父の背は、そして先刻のあの微笑は、もう他の何の言葉も必要としていないようにも思えた。


父が東京で倒れたのは、その入札があってから二週間ほどしてのことだった。入札を区切りに、父の仕事がどれほど楽になっていたかはわからない。大方は何の変りもなさそうに見えた。普段は部下をやる何かの合同会議に、その日に限って自ら出かけていき、その会議場で倒れたのだ。

会議中、父は一人で睡り出した。睡り出す前に、父は人前で我慢し、不快を他に伝えなかったのだろう。或いは、そうする暇もなく、強い発作が襲ったのかも知れぬ。睡っている父を、相手の会社の社長が、疲れているのだろうからそっとしておこうと、起さずみんなは昼食にたった。二時間後、秘書が戻って来てみると、睡りながら父は吐いていた。

自分の父親を同じ症状の脳溢血で喪《な》くした秘書は慌てて報告し、医者が呼ばれた。正味四時間、気づかれぬまま放っておかれていた患者はもう殆ど手遅れだった。

学校の帰り、駅から家までの通り道で、息を切らせ涙を流し走って来る女中といき当った。学校に電話したがもう向うを出てい、駅で私を捉えて報せるつもりだった。母や弟はすでに東京へ向ってい、私は鞄を女中に預けて今来た道を駈け戻った。

向かう途中の電車の中で、父が毎朝唱えていた経文を、諳《そら》んじているところだけ幾度となく唱えてみた。向いの席に坐った中年の女が、私の様子を無気味に思ったか、途中で他へ席を換え、そこから私を眺めていた。

駈けつけた時、父はすでにこと切れていた。死に際には間に合った母や弟にも、眼を開いて見ることはなく、睡ったままだったそうだ。

建物の入り口に、家へ何度も来たことのある父の若い部下が立ってい、私の姿を見ると声を放って泣いた。側にいた、業界の新聞記者という男に、その男は、四時間父を放ったままに置いた同席者たちのことを高い声でなじっていた。記者も同調するように何度も頷き返した。

しかし、後になってだが、三度目も、家で倒れたとして、果してそれが父のために幸いとなっただろうか、と私は思った。あの本に記されていたことは、父と母と、それを手渡した医師と、そして私しか知りはしなかったのだ。

父は混み合ったビルの上階の一室に、他に畳の部屋がなく、検屍の都合でか、石の床に毛布を何重かに敷き、その上の新しい茣蓙《ござ》の上に寝かされてあった。

顔を覆った白布をとる前に、私は立って見下したまま、そこに横たえられているものが、まぎれもなく父であるということを、その季節に父が好んでよく着ていた茶の柔かい地の背広と横に置かれたカンガルーの靴で見分けていた。

立ちつくしたまま、私は、まぎれもなく、あのことが、たった今、父にも起り、私にとっても起ったということをつきつけられたように受けとっていたのだ。

跪《ひざまず》き、覆っていた白布をとった。指をかけただけで危うくとまっていた白布は落ちかけ、その下に隠されたものを私は眺めた。

それは何故か、死には見えなかった。見守りながら、私はそれが父の死であることを自分に説くようにして納得させようとしていた。死と言うより、それは、ただ確かな睡り、確かな静止にしか映らなかった。

〝だから、これがそうなのだ〟

私は自分に向って何度もくり返した。

手をのべ触れてみた時初めて、今父を捉えたものが何であるかという実感が強くあった。

押すようにして触れ直し、私はそれを確かめた。父の頬は芯までも冷く、押しつけた手に通って来るものは何もなかった。指の腹に、今日一日僅かにのびた鬚だけが固く痛かった。冷え冷えしたその感触が、突然、私に向ってあるものを蘇らせた。以前に、すでに、私は父のこの死顔を見たことがあるような気がしたのだ。そうではなかった。それは、父と一緒にあの北海の荒磯で見た、海に死んだ一等運転士の凍てた死顔だった。

私はそれに触れはしなかったが、この瞬間、父の手の下に見たものをはっきりと思い出し、それが即ち、今見る父の死顔であると覚っていたのだ。二つの死顔の符合を証すように、私は今の瞬間のために必要な、生涯を通じての父との会話のすべてを一度に思い出していた。

どれほどの間だろう、白布を手にしたまま動かず、私は父の顔を見下していた。

右のこめかみからうなじ、頬にかけてにじみ拡がりかけている赤黒い血の色が、父を襲い、父を静止させた眼に見えぬものの影に違いなかった。

それを認めながら、空《むな》しく、父と一緒に背負い、耐えようとしたそのものに対して、何故か今は何の感慨もなかった。

今、私に必要なことは、そのものに父がいかに向い合い、いかに闘い過して来たかということ。嘗《かつ》て、あの荒磯の野芝の上でカンバスの覆いを持ち上げ、あの一等運転士を見下しながら、父が何を感じ、その後、私に何を伝えようとしたかということだった。

或いはあの一等運転士も、父も、ありふれた事故、ありふれた死であったかも知れない。その出来事は、この世のそこら中に、誰しもに、在るのだ。しかしともかくも、それは彼らにとって、ただ一度きりのもの、ただ一つきりのものだった。

そのただ一つのものに向い合って、彼も、父も、彼らなりにその長さこそ異なれ、多分、充分に盡《つく》したと言えるだろう。

怒濤の打ち上げる荒磯、覆った巨きな船に上る飛沫、繁吹《しぶき》の渡る浜茄子も不毛の瓦礫の水際に置かれた青白い塑像も、私は今また、薄暗く冷たいビルの石の床の上に見ていた。

それは、彼にとって、父にとって、そして私にとっても、全《まった》き、ただ一つの全き帰結であった。

私はたった今理解したことを、父に告げたいと思った。そして自分がそれを、結局は他の誰にも伝えることが出来ないだろうということも知っていた。

そしてもうひとつ、私は夢想し願った。今ここに横たわった父を私一人で負うて帰り、あの時二人だけで占めた崖下の小さく白い砂浜の草むらに、あのチョッサーのように、塑像の如くに据えて、一人切りで眺めたいと思った。愛おしいような衝動が体をつき抜けた。その時初めて私は涙を流した。

背後へふり返り、白布を元に還《かえ》しながら、私は十数年前、あの浜辺に立っていた父と同じ人間になりたいと思った。

親は自分の仕事にプライドを持っていることを知らせよ

自尊心のない男ほどいやなものはないと、林芙美子《はやしふみこ》も『放浪記《ほうろうき》』の中でいっている。わたくしは〝自我狂〟という言葉が好きだ。自分自身の能力を信じ、自分の個性を信じ、自分に没頭する、平凡な人間から見れば、一種の狂人を、まわりは自我狂と呼ぶが、しょせんこの世の中は、自我狂と呼ばれうる人間の手によってしか変わって来ない。

その人間は自分自身を信じ、自分の個性、能力というものが、自分の選んだ職業、方法によってはじめて十全に発揮されるということを信じ、仕事に邁進《まいしん》し、その努力の結果に絶大な自信を持った人間にほかならない、ということでながめれば、現代という世の中は、いかに自我狂と呼ばれる人間が少ないことか。

現代の人間たちは饒舌《じょうぜつ》に自分や他人について語りはするが、じつは自信がなく、また人に語られるだけの個性も能力もないことが多い。幸田露伴《こうだろはん》の『五重塔《ごじゅうのとう》』の中で、あの五重塔を建てたのっそり十兵衛《じゅうべえ》は、おしのようにだまっていることで自信を示し、まわりからバカ気違いのように呼ばれたが、彼が絶対の自信をもってつくり上げた五重塔は、あの暴風雨の中で揺《ゆる》ぎもせずに立ち尽くし、彼が仕事に賭《か》けた自信とプライドを、荒れ狂う自然の中で、みごとに示した。

自尊心ということでいえば、あの天才レオナルド・ダ・ビンチが、フィレンツェの僭王《ディクテーター》にあてて自分を推薦《すいせん》して出した手紙ほど興味深いものはない。彼はそのなかで、自分は何十トンの戦車が通っても落ちない橋、強力な爆薬、あるいは画期的な戦術、あるいはすばらしい薬を作ることができると、ながながと自分の絢爛《けんらん》たる才能について推薦したあと、今日レオナルドのもっとも大きな業績とされている彼の美術的天才について、最後に一行だけ、「そしてまたわたくしは、すばらしい絵を描くこともできます」と記している。なんと測り知れぬ自負ではないか。

わたくしの父は、船舶業が不況のころ、造船汚職でガタのきたY汽船で、まさに心身すり減らし、孤軍奮闘していた。高血圧で二度倒れ、母親はその健康を案じて、会社をやめてでも休養をとってくれと泣いて嘆願したが、口ぐせのように、わたくしたち子どもの前でも、「仕事で死ねば本望だ」とうそぶき、そしてあげくは会議場で倒れて、まさに仕事のために死んだ。

わたくしは死に目に会えず、かけつけて、父の冷たくなった死体をながめながら、改めてそこに、自分の仕事に自信を持ち、誇りを持って死んだ一人の無名の戦士の姿を見た。

父親というものはしょせん、自分がなし終えなかった仕事を、子どもたちに受け継がせ、子どもたちの手によって世の中をさらに大きく変えていくために、たいていその途上で果《は》てるものだが、その瞬間まで自分の仕事に強い自信と誇りを持っているということを、子どもたちに、たえず伝える必要がある。

おやじは、財産を残さないと、つねに言うこと

わたくしの父親が死んだとき、残ったのは会社への借金ばかりで、ろくな財産はなかった。もっとも業界での父親の人望が厚く、いままで月々入れていた給料の何十倍かの弔慰金《ちょういきん》なるものが、残された妻と子ども二人に与えられた。経済観念のないわたくしたち兄弟と母親は、いままで見たこともないかなりの大金を前にして、まったく将来への配慮も計画性もない浪費で、数年のうちに父親が死のあがないで残してくれたものを費《つか》いつくしてしまった。

貯金帳の最後の欄が消えてしまったときに、自分たちが計画性なく費《つか》い果たした、父親の遺産をふり返ってみて、われわれが手にしたいくばくかの金が、決して父親の遺志ではなかったということを悟った。それから母子三人のひっぱくした生活が始まったが、わたくしはむしろ、その瞬間から、ある意味で父親の呪縛《じゅばく》から解き放たれて、真に自由な人間になれたような気がした。負け惜しみかも知らぬが、わずか数年で母子三人が費《つか》い果たしてしまう財産しか残せなかった父親に、仕事に殉《じゅん》じた男のいさぎよさを、改めて感じることができたの

だ。

わたくしもまた、西郷隆盛《さいごうたかもり》ではないが、子孫に美田を残すまいと思うし、いかなる親も子孫に決して美田を残すべきでないと思う。親が子どもに義務があるとするならば、それは子どもが健全に成長し、望むだけの教育を十分受けられるということにとどまる。それで、子どもがけっきょくたいしたことのない人間にしかならなかったとしても、そこまで親が果していれば、親の責任ではない。あとは子どもの責任である。

ということで、われわれは子どもを一人の人間として経済的に突き放す必要がある。それこそが親としてできる、冷厳であるように見えながら、じつはもっとも人間的な恩恵なのだ。

親が残す財産は、その恩恵を殺し、子どもを人生のなかで甘やかすだけのものでしかない。

わたくしの父が生前、親としてわたくしたちに心がけてくれたことは、最低限度子どもたちが望む教育のための金は、逆立ちし、財布《さいふ》をはたいても出すということだけだった。だから、あるいは親の見栄もあったかもしれぬが、わたくしは半ば親にしいられ、幼稚園のころ宣教師に外国語を習いにいったり、あたりまえのサラリーマンの家庭としてはかなりぜいたくともいえる種々の教育を受けさせられた。ということが、わたくしの父に対する感謝でもあり、同時に半ば親の意思で遊ぶ時間を奪われた子どもとしての恨みでもある。

いずれにしろ、親が子どもに財産を残すことで、その財産以外に与えられる恩恵とはなん

◉愛する父潔の突然の死は、多感な裕次郎の青春に暗い影を落とした。

であろうか。わたくしは皆無と思う。わたくしは、父が、わたくしにしてくれたと同じことを子どもにくり返してはいるが、しかし、いまは他とくらべれば、いささかのぜいたくはさせていはしても、将来子どものためにものを残そうとして働く瞬間は、一秒たりともない。

子どもをなぐることを恐れるな

愛し合っている男女が、その愛情を徹底的に伝える方法は、けっきょくのところ肉体の交渉でしかないように、恋人以上に濃いつながりである親子の、少なくとも親から子どもに対するメッセージを、もっとも効果的に伝える方法は、肉体対肉体の伝達でしかない。とくに親は、子どもの過失をたしなめることで、子どもが成長し、一人の社会人として生きていくための、さまざまな人間の規範を徹底して教える義務がある。そのために、それをもっとも効果的に教え込む方法として、体罰を加えることが、好ましい。

昨今の親は、なんの影響か知らぬが、子どもに体罰を加えることに妙に遠慮している。戦後日本人は、アメリカからさまざまなものをサルまねしたが、もっともまねするべき子どものしつけ方だけは、どういうわけか、まねしなかったようだ。

小学校の五年生のときであったか、貸ボート屋の息子二人と、わたくしたち兄弟、合わせて四人が、近くの川のはるか川上にある橋を目ざして川を遡行《そこう》したことがある。途中で潮が引いて川の水が浅くなり、最後は四人でボートを引きずって目的地まで行き、男としての冒険心を大いに満足して帰ったが、すでに日は暮れ、ボート置き場に戻ったときには、大きな月が出ていた。家人が非常に心配したのは、いまになってみるとわかるが、子どもにしてみると、なんでそんなに大騒ぎしてたのか、けげんな感じだった。家に戻ったわたくしたちを父親が叱りつけて、この冒険の主導者であったわたくしの責任をとがめてわたくしのほおをなぐった。わたくしは非常に不本意にその体罰を受けたが、しかし同時に、大きな手がほっぺたに炸裂《さくれつ》したときのあの畏怖《いふ》感のなかに父親の愛情を感じたのを、いまだに覚えている。

子どもは、幼ければ幼いほどなぐらなくてはならぬ。なぐることで親は、はじめて親の意思を直截《ちょくさい》に、なんの飾りもなく子どもに伝えることができる。その意思こそが愛情にほかならない。

特別寄稿　「父のこと」石原裕次郎

父は五十一才にして他界した。私がＫＯ（慶応）高校二年の時だった。ちょうど昨年父の七回忌をやったばかりである。父は脳出血でなくなった。

大阪商船ビルの会議室で急に倒れたのだ。そう、台風も過ぎ夏も終った十月十六日のことだった。朝はふだんと変わらぬ元気な父であったが……。人の命ははかないものと、まるで〝ひとごと〟のように思っていたことであったが——きわめて身近に、しみじみと感じたものだ。

父の会社の車が「お父さまがお倒れになりました」と迎えにきてくれ、母と私と、夕方四時ごろであったが、逗子から東京へと走った。私は車の中で「なんやお前ら、アワクウて、大したことあらへんぞ……」と、床の上からいう案外元気な父の姿を想像しながら、京浜国道を走った。しかし事態はそれを裏切った。

商船ビルの会議室にとび込んで父の姿を見た一瞬、ダメだ！　と私は思った。会議室のユカに新聞紙をしきつめ、その上に仮の床をつくった、その上の父は、意識はなく、大いびきをかいて眠ったままだった。そして七時三分だったと記憶するが他界した。兄は間に合わなかった。肉親の死ほど悲しいことはこの世にまずあるまい。私はそう思った。

七月十三日からお盆にはいる。つまり、仏さまを呼びもどすわけだ。

私は父の生前にはお盆が何月何日で何をすることか、おはずかしいお話ながらよく知らなかった。

また人がお墓にお参りするという気持も、はっきりいってちょっとわかりかねたものだったが、父の死後、いつ思い出してもよかろうものだが、一年に一度のお盆に父をしみじみ思い浮かべ、またお墓へ参って、墓石と化した父と、いろいろしゃべったりする。

父はほんとうに子ボンノウな人だった。兄や私を、それこそ目に入れても痛くなかったようだ。

小さいころ、どんなに父にしかられても、その晩父と一緒におフロにはいるのが楽しみだった。兄と三人ではいる。そして父が一人ずつ子どもを洗うのである。父が「ほれ　手だ」「はい　つぎは足」といえば、われわれは手や足を父のほうへなげだせばよい。父は一生懸命洗ってくれた。

われわれが大きくなってもそれは続いた。

◉父潔の死から5年後、21歳の慶應大学在学中に兄石原慎太郎原作の「太陽の季節」で映画デビュー。たちまちスターの座に駆け上がっていった。

兄は、さすが中学生ごろから自分からいやがって、逆に父の五尺七寸・二十五貫という巨体の大きな背中を流したりしていたが、私は父がなくなるまで洗ってもらった（父にしても、私は最後まで手がやけたというわけだ）。

高校二年――もうそのころ五尺九寸近かった。そして父よりはるかに大きな体――私が幼いころと同じように、長い足、大きな体をなげ出し、それを父がせっせと洗っている図など、今思い出してても一人でクスクス笑ってしまう。それでも父はしごくうれしそうに「こう大きゅうなると　父さんシンドイワ」とりっぱ？　に成長したむすこの体をながめ回しながらこういった。私はその父の顔を、今でもはっきり思い出すことができる。

また、運動好きな父は、スポーツに関してのわれわれの要求はどんなことでも聞いてくれた。私が中学二年、バスケットを始めたころ、まだ当時はバッシュー（バスケット・シューズ）などなく、私が父に注文すると、神田じゅう歩き回って、私の注文どおりの品を買ってきてくれたことも、ようくおぼえている。

子ボンノウなおやじではあるが、やっぱり私にはコワイおやじだった。いたずらな小学校時代はよくなぐられたが「子どもをなぐっては　子どもの教育によくない」との母の意見から、冬などはよく寒い玄関に立たされたり、カベに向かってすわらされたりした。小さい時からしかられっぱなしの私には、いろいろと父の思い出は深い。

もうじきお盆だし――ちょうどそのころから私は仕事で日本アルプス方面へロケに行くが、一年に一回だけ帰ってきてくれる父と、ゆっくり、今とっている映画の話でもしよう。父は私にとって実にやさしいよい父親だったのである。
十三日のお迎え火には、父の大好物だったビールをそなえ、十六日の送り火にもやはりビールをそえて……。

二　太平洋の悪夢

'65トランスパックレース

反省

たとえ悪魔の住むというホーン岬で嵐に会おうと、或いは吠える四十度線で、丸十日丸半月、五十ノットの風に嘖まれようと、ヨット乗りにとっては、時すぎれば、いや、その業苦の苦しみの挙句にようやくどこかの港にたどりつきさえすれば、船を舫《もや》った瞬間から、その経験は苦しいものほど測り知れぬ嬉しさで想い返される。それがヨット乗りのいわば宿命ともいうものだ。

しかしまた逆に、ある時には、気だるい貿易風に乗った、安逸とさえいえる航海も、航海に関するある要件を欠いては、後味の悪い想い出ともなる。そこにこそ、人間をつき放した海と船の尊厳がある。特にすべての要件が緻密にしっくりと組み合わなくては成功せぬ。長丁場のヨットレースでは、ある時、人間はいやというほどそれを味わわされて臍《ほぞ》を嚙むのだ。

'65年度トランスパックレース、惨敗。いうことなし。正直、レースについて書く気もしない。しかしそうもいくまい。今になってみれば、僕はこのレースから前回とは違った種類のさまざまな教訓を得た。それを真摯に記すことが、僕たち自身のためであり他の仲間のためにもなるに違いない。それに、少くとも僕はこの航海の中で、今まで味わわなかった種類の、いくつかの恐怖まで味わったのだから。

’63年度に比べて、今回のレースはいかにも惨めだった。前回は、初回とあって、ナビゲーターのジョー・ミラーの忠告を入れ、レイティングからみてまず可能性無いというチャンスをものにするために思いきって南進コースをとり、一か八かに賭た。

船の性能をまだよく知らずにしたその賭にも、いろいろ問題はあったが、とにかくその限りで精一杯やった。全艇中、最長距離のコースを走ったが、それを時間割りにしてみると、他の入賞艇の走行と見劣りせず、むしろ走り勝ってもいた。

前回の敗北には慙愧《ざんき》はない。

しかし今回は慙愧のみである。敗因はいくつかあった。しかし要するに人災というべきである。人災によって、我々は持てる力を完全に発揮することが出来なかった。これはつくづく悔しい。

今回ほど、レース艇の上での人間の和、チームワークが大切だと知らされたことはない。いっても還らぬことだが、他の仲間のために敢てわかり切ったことをくり返して反省しなくてはならないと思う。

僕にとって今度の航海ほどつらい、後味悪いものはなかった。正直、レースの後半、あの貿易風の下を、あの嬉しい貿易風雲を仰いで走りながらも、もうトランスパックには乗るまいと思った。

慢性盲腸炎の再発で弟裕次郎が降りた後、艇長となった僕が、艇長としての責任も心痛も結局一人で背負わなくてはならなかった。といって、他の誰に分ち持ってくれと甘ったれるつもりはないが、とにかくつらかった。ホノルルへ着いた時、七三キロの体重が六五キロに痩せ、鏡に映して見ていて痛々しいほどだった。

レース後、弟が次期のトランスパックのメンバーを考えた時、一緒にいたクルーのリク〈〈コンテッサ二世〉のクルー〉が、この分では石原さんはもう二度と乗らないでしょうといったそうだが、そう思われるくらい僕は消耗した。

しかしそこは花のトランスパックで、終って一週間もすると疲れもどうやら抜け、次への色気も出て来て、自分が重症トランスパック病にかかっているのが改めてわかるが、当座は全くやり切れなかった。

今回のメンバーは、

艇長　石原裕次郎
ナビゲーター　小生
セイリンダマスター　福吉俊雄（ジューイ）
ヘルムスマン　岡崎アキラ（岡ちゃん）
　　　　　岩田禎夫（ガン）
　　　　　原田　学（ガク）
ヘルムスマン兼コック　鈴木陸三（リク）
ヘルムスマン　ルー・フォスター
及びその甥のデヴィッド・キンブル（デイヴ）

合計九名の大世帯。

就中デヴィッドは途中からの割り込みで、レースに於ける彼の職掌が果して何であったのか僕は未だに理解出来ない。ちなみに彼が確実にやってのけたことといえばミシニスト（機械屋）と称してエンジンを出鱈目にいじくり廻し、バッテリーを甚しく消耗したことと、ウォッチの交替の時、五分の猶予も与えずに次回の連中を叩き起したことだけである。

エンジンに関してはこちらも弱いから、ただはらはらして見ていたが、あとで、何にでも器用な岡ちゃんがいなかったら、我艇はスタート後、一週間でガソリンも電気も費い果し、以後交信不可能となっていたろう。

その甥っ子をつかまえてレースの後、伯父のフォスターが、僕に、少しおずおずと、

「David is a nice sailor, isn't he?」

と聞いたのには驚いた。

しかたないから僕も、

「Do you think so?」

と聞き返しただけだった。

とにかくあの六尺余の能無しをなんで乗せたのかということに、まず問題がある。

今度のクルーは殆ど裕次郎辞令だから、僕としていう余地はなかったが、デヴィッドに関しては、シスコからサンペドロへの回航に乗って来た彼を伯父のフォスターがそのまま乗せてくれと艇長に頼んだ時、僕ははっきり反対した。しかし裁断は彼にまかした。結局、人の良さで裕次郎がOKしてしまい、フォスターの言だと役にたたないのがわかったDFを、重量を軽減するためにおろした方がいい、などと神経質にいいながら、その甥っ子のDFの十倍近い重量の能無しを積み込んだ羽目になった。この矛盾をフォスターがどう感じていたのか知りたいが、本気でデヴィッドを良きセイラーと思っているのならいうことはない。ちな

みに郵送が面倒で、そのまま積んでしまったDFもデヴィッドも、両方とも僅かの役にたったとは思われない。

人災の第一がこのデヴィッド。

次がこのフォスターである。〈コンテッサ三世〉を預けたヒッカムベースのハーバーマスターで、嘗《かつ》て木更津ベースにい、B29のレスキューボートでクルーザーを作った日本オーシャンレースの草わけの頃の著名人物で知る人も多いと思う。

我々が留守中の〈コンテッサ三世〉の管理は彼がやってくれた。当初、彼の言によれば、〈コンテッサ〉は彼にとって、この世で最も美しく愛らしき伯爵夫人であり、彼とヒッカムの誇りでもあった。オワフの草レースでは〈コンテッサ〉でよく優勝してもいた。

その、この世で最も美しく愛らしき誇りが、終りの頃には彼の言葉では「Jap's goddamned boat」になった。

シスコからの回航ではすごく厳格で、先発隊の福吉ジューイ、岡ちゃん、原田のガク、リクたちにいわせると、正に「外人シイラ」（うるさいので有名な〈潮風〉艇長竹下シイラのアメリカ版）ということだった。確かになかなか顔つきもいい。ジューイさんの惚れっぽいのは知ってたが、僕もそのまま、その言を信用させられた。いや、スタートの瞬間まで信用していたが、スタートの瞬間にそのメッキが少しはげて、はてな、と思った。

いや、考えてみると、その以前に厭なことがあった。

第一は、前回のナビゲーター、ジョー・ミラーについてことあるごとに悪口をいった。それもただ前回の成績を踏まえてのことだ。フォスターにいわせるとこの船で入賞しなかったのはよほどどうかしている。それも、所詮はミラーが悪い。そもそもあの男は一体何だ、ということである。

この非難には確かな根拠がない。我々へのおもねりとも、売り込みとも聞こえた。聞く度僕は不愉快で、「いや、ジョーは完璧のセイラーだった、あの賭は僕が承認して行なったのだ」といったが、フォスターがそれをどうとったのかわからない。ジョーの名誉のためにいうが、ジョー・ミラーという男は、僕の知る限り最も卓抜なヨット乗りである。彼くらいのセイラーは日本にはいないし、アメリカでもそうざらにはいない。アメリカの他の優れたヨット乗りがみんなそういっている。彼を酷評したフォスターと比べてはミラーが可哀そうである。

第二に、スタート前の点検で、僕はそれまで他の準備で暇がなく、土壇場になって知ったのだが、船の航海用計器のすべて、風力計、風向計、スピード計、水深計のどれもがみな狂ったままになっていた。これには驚いたがもう遅い。フォスターは、修理の時間がなかったといったが、それでは管理者としていい訳にはなるまい。

にわかに不安で、僕はスピード計に替えるために、急いでログメーターを買って来てとりつけたが、これがまた後でいろいろ問題の原因となった。いずれにせよ、初めの三、四日は陽の目を見ぬトランスパックレースに、航海計器無しというのは暴挙に近い。

第三に、エンジンの整調が出鱈目で、スタートの当日、根拠地、ロスアンゼルス・フィッシュハーバーを出港の時エンジンが始動せず、遂に全艇中唯一隻、タグボートに曳かれて二哩《マイル》先のスタートラインに向った。恥しい話である。見送りの友人は、最初が悪ければ後がいいよ、といったが、さにあらず、これがけちのつき始めだった。

そしてスタート。

日本のオーシャンレースで、フィニッシュの順位は時によるが、僕の〈コンテッサ二世〉も、ジューイさんの〈潮風二世〉も、スタートはいつもいいスタートをしている。いつもトップグループにいる。

三世の大きさも性能も、すでに勘どころがわかっているから、ジューイさんと相談してスタートの作戦を決めようとすると、この時、全く頼母しいほど頑としてフォスターが自論を主張し、ティラーを握りしめて放そうとしない。曰くに、僕は一言一言覚えているが。

「私はこの船を二年間預って来た。その間この艇で何度も優勝した。失礼だが、あなた方の誰よりもこの船については詳しい。この船にとって最良のスタートの方法は私だけが知っている。私は悪いスタートをしに、そして負けるために、わざわざホノルルからここまで来たのではない。まあ、まかしておいてくれ」

しかしその後にやりとして、

「しかしもし失敗したら御免なさい」

結果はゴーステディでスタートライン上で寸前まで艇を風に立てていた〈チタ〉よりも悪く、実にビリから三番目だった。フォスターはそれがショックで、風邪気味のところが悪化し、以後五日間寝たきりでウォッチにはつかなかった。

そしてその結果、フォスター、デヴィッドをかかえたスターボードウォッチの裕次郎艇長は、ナイトウォッチを殆ど一人で四日間頑張り通し、出発当日からおかしかった慢性盲腸を冷え込みと過労で悪化させ、五日目にはコーストガードに救急されるという破目になった。

フォスター一族の人災はまだまだ後までつづくが、人災のその次は、かくいう小生である。

今回の僕はナビゲーターとして失格であった。というより、少しものを見くびりすぎていた。というより、話がまあ無茶ともいえた。実の話、僕が天測を試みたのは、今度が初めてだった。それでもまあ、なんとかなるだろうと思ってかかったがそうはいかなかった。僕が学んだ天測法が、どういう訳か太平洋では変な結果になる。僕のは所謂、簡易天測法。別名漁船天測法という奴だが、僕としては、それで学んだ通りにやったのだが、どうもおかしい。馬鹿じゃないから、船の中で一四日間、何度も読み直し、その通りにやったが毎回線が出ない。

無線で〈チタ〉の連中に聞くと、彼らは米村式で漁船天測法なんぞ、太平洋じゃヴァリエイションが多くて駄目だと一言だ。

後になって自習し直してわかったが、緊張の余りか計算の途中決定的な錯覚をしていた。二次方程式を解くのに、根の公式の数字を間違っては、計算がいくら正しくても、結果はすべて間違いのと同じである。僕にはどうもそういう癖がある。高校の時、根の公式を錯覚して数学の試験で零をとったことがあるくらいなのだから。

仕方なし夜間、星が見えるようになって北極星をとって緯度だけは出すが、かんじんの経度が出ないのでは心細い限りだ。

これがハワイからアメリカ大陸へいくのなら平気の平左だが、話が逆になると呑気にはしていられない。広い太平洋の中で手さぐりでハワイを捜すのは、一〇米先のコップに小石を投げ込むよりむずかしいかも知れない。うっかりいき過ぎたら、その先にはガムかウエイキしかないのだ。

つけ焼刃の僕の天測法がどうも通用しないらしいと覚った瞬間から、僕の胸中に油汗が流れた。

総ての責任は僕にある。その段になって、土壇場で参加を止めた田中ナビゲーターをどれだけうらんだことか。尤も、田中ドコドンの天測法も僕と同じだし、彼もそうベテランのナビゲーターとはいえない。大体以前の彼の説明だと、正中時にセクスタントをかざして眺めていると、「太陽がトットッと昇っていって、ぴたりと止ったところが正午だ」などというが、ゆれにゆれるヨットの上でセクスタントを使って、太陽が昇っていくのがわかる訳がない。ホンコンレースでも、面倒な天測の代りにラジオの指向性でマニラを探っていたドコドンからみると、彼もまた眉唾な気がする。

いずれにせよ、他の学識ない連中は、「なあに、いけば着くよ、ラジオで探せばわかるさ」、「なんとかなる」と呑気だが、太平洋の広さについての認識が無いからそんなことをいってられるのだ。来がけにもらって来た東芝の最新トランジスターラジオの性能が素晴しいので、みんなことさら平気のようだがラジオ一つ頼りという訳にもいかない。しかしいずれにせよ貴重品だから、艇長命令でラジオのコックピット置きっ放しは厳禁した。もし波でもかぶって中が濡れたらそれきりである。実際前回にそういうことがあった。一寸でも重吹きがかって、それが中に入るとラジオはあっけなく啞《おし》のように沈黙する。

フォスターは、ハワイ諸島は私の家だ。近づけば匂いでわかる。

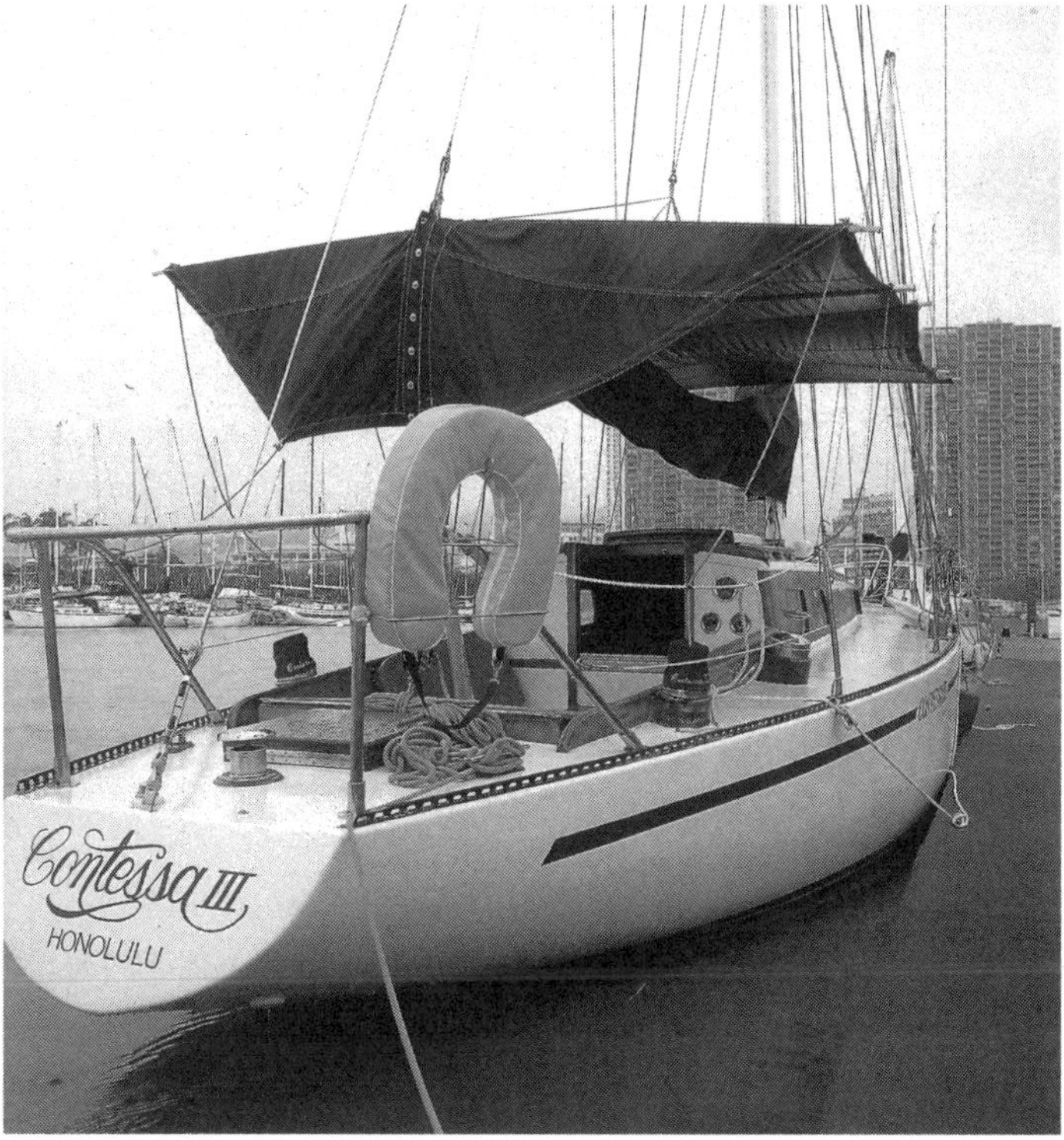

◉1965年(昭和40)、弟石原裕次郎の愛艇コンテッサⅢが生まれた。ハワイ、ホノルルのヨットクラブHYCに係留し、兄弟で数多くのレースで活躍した。その美しい姿にヨット仲間から「海の貴婦人」と呼ばれ、愛された。

島影一つ見れば、それがどこだかチャートなしでぴたりだなどといってはくれるが、どうもそれも段々頼りにならないのがわかった。

実際、フォスターのその勘とやらのお蔭で後に、我々は、彼のいう通りジャイブしていたら夜中、灯一つないモロカイの海岸にのし上げるところだった。

かかる予知し得ぬ人災を満載して〈コンテッサ三世〉は、'65トランスパックに出場したのである。

すんでしまえばみんな楽しい思い出、何も今さら人の悪口をといわれるかも知れないが、僕はまずふり返るだに空怖しく憂鬱だった今度の航海について記すに当って、それら人災について反省すべきだと思う。

何故ならば、所詮、船は人間の手で動くものなのだ。今度ほど船の上での人の和が大事と思ったことはない。

それに言葉のろくに通じぬクルーというのが、いかに困ったものかとしみじみわかった。かたことの日本語英語で和気あいあいとやれるのは、日本人街の日本料理の座敷でぐらいのことだ。海へ出、緊急の際となるとどうにもならない。

日本の海で、自分の船で自分のクルーなら怒鳴りつけ叫び合って五分で出来るスピンワークが、実に一時間かかるのである。それを考えるとスピンでのジャイブ、スピンの張り換えがどうしても億劫でつい我慢してしまう。そんなヨットがどうしてレーサーといえようか。

これは決して惨敗についての責任転嫁やいい逃れではない。日本のレースでは決してする筈のない、考えもしない杜撰さを、海外でのレースだから、そう完璧は望めないからということで眼をつむったことでこの結果だった。そしてその結果の最も重大な責任の幾つかは僕自身にある。


しかし、尚レースを終った後、僕は共に航海を分って来たクルーのあるものに対して、どうしても許せぬものがある。

フィニッシュした後、フォスターが地元の新聞記者に語った一人勝手な談話や、オワフ発見が遅れて動転し、口走ったJapなどという言葉を一体どうとったらいいのか。

最もいやしいのは、ゴール直前、モロカイチャネルからダイヤモンドヘッドまで、先行する他艇が全部スピンを下した中で、〈コンテッサ〉のみスピンを揚げての全力疾走で、ランニングでウェザーサイドのバウからコックピットまで重吹き上げて、実に二〇ノット近い驚異の疾走の危険極りない舵を、見事に引き通したジューイさんの功績を、我々にはよく聞こえぬ英語で、すべて我がこととして話し他に誇って見せた外国人の厚顔さには、ヨット乗りとして僕は憤りというより憐憫をしか感じない。

新しい話題もいろいろあったが、最初に厭な報告を吐き出してしまわないと、後が語れそうにない。

新記録

今回のレースにはいろいろ変った挿話や記録があった。同じレースとはいえ時代の進歩変化につれてレースも質的に変化する。

レース終了後いわば打ち上げのロイヤルハワイアンでのトロフィディナーで、コマドールのラルフ・ヒリップスがスピーチしたように、今度のトランスパックレースはいろいろな意味で新記録の沢山出たレースだった。

何よりも、〈モーニングスター〉のもっていたタイムレコードを、前回のファーストホーマー〈タイカンデロガ〉と、南亜からの強豪〈ストームフォーゲル〉の二隻が破ったということ。ちなみに〈モーニングスター〉の記録は、九日と一五時間五分一〇秒、〈タイカンデロガ〉の新記録は、九日一三時間五一分二秒と大きく一時間の差をつけた。コレクテッドタイムでも〈タイカンデロガ〉は〈モーニングスター〉を破った。

この二隻は文字通りのデッドヒートをくり返し、フィニッシュの差が実に五分という接戦で、フィニッシュの前夜まで〈ストームフォーゲル〉が〈タイカンデロガ〉をリードしてい、土壇場で逆転劇を演じて見せた。〈タイカンデロガ〉は鉄道の枕木王のバブ・ジョンソンが前回、ハリウッドスターのチャールトン・ヘストンがエイジェントに売った艇をチャーターして乗り、ファーストホームしてすっかり気に入り、艇がタグボートに曳かれてイリカイヨットハーバーに入る途中にエイジェントのつけた雇船長に五十万ドル（一億八千万円）の小切手を切って買いとった船だが、その後、勝運に恵まれ、アカプルコレース、タヒチレース等と大レースにファーストホームをつづけている。

〈ストームフォーゲル〉はいわば世界の国際レース荒しで、金を払って乗せてもらうという気狂いのクルーばかりで、今までに各地のレースに参加し、入賞しつづけている強者だ。トランスパック後オーストラリヤに行って、今年の冬シドニーホーバートに出、その後北上し本年の春のホンコンマニラレースに出、その後は日本へ来て鳥羽レースに出るそうである。

パーティーで〈ストームフォーゲル〉のオーナースキッパーに、日本で最も素晴しいレースはどれかと聞かれ、大島レースという訳にもいかず最長の鳥羽レースを挙げておいたが、今年のように無風レースではやって来た彼らに気の毒なことになりそうである。

前述二艇のトップ争いはロス、ホノルルを大いに湧かして、アメリカ人としては土壇場の逆転劇で外来者を下し、大いに気をよくしたようだ。

驚いたのはロイアルハワイアンのパーティーのショーで登場したダニイという人気歌手が、〈ストームフォーゲル〉の故国南アフリカ連邦で根の強い人種差別を皮肉り、だから君らは二着にしかなれなかったのだといって喝采をあびていた。アメリカ人も黒人問題では余り大きなことはいえまいが、しかしそこはハワイアンホスピタリティで鳴らすハワイのことで、事情も少し違うというものか。

新記録の第二は総合優勝のCクラス艇〈サイキ〉が作ったコレクテッドタイムのニューレコードで、これも数年ぶりのもの。

そして皮肉なのは、マストを折られた艇の数の新記録だ。この中には日本からのエントリイ〈チタ〉も含まれる。即ち〈エスカデロ〉〈カイアロア〉〈チタ〉〈アカマイ〉の四隻。内〈チタ〉を除く三隻はアルミ製、木製の差はあれ、マストが完全に途中から折れたが、〈チタ〉の場合はバックステイのスウェイジングがいい加減でステイが飛び、オンデッキマストが完全に根元から倒れた。泣いても泣き切れないというのはこのことだ。

〈チタ〉の事故は、弟裕次郎が悪化した慢性盲腸炎で伴走のコーストガード艇〈デクスター〉

に移ってからのことで、そこは日本人同士の気易さで〈デクスター〉のオペレーターに替って弟が〈チタ〉と連絡をとり、当時の模様を詳細に記録している。聞くところ、事故発生直後〈チタ〉の全員は非常に沈着で、倒れて海に落ちたマストを引き上げるのに三時間はかかるだろうから、三時間たったら連絡し直すと告げたそうだが、しかしメンスル、スピンをつけたままのメインマストは、一寸やそっとで持ち上るものではない。海に入ってする作業も波があって危険で、更にマストが波でハルを打って危険なので、結局切り捨てたそうだ。

先年、ただ一隻マストを折った〈タイブーン〉の話だと、アメリカ人の大の男が八人かかって、ウィンチを使いながら尚、途中から折れて海に落ちたマストはデッキの高さまで持ち上げるのがやっとで、遂にライフラインを越さなかったそうだ。

それにしても、〈チタ〉の全員の心中は測って余りある。凶報を受けとった時、同僚艇としての気持は弟の事故の後のせいか一層憂鬱で、他人ごとながら、一難去ってまた一難という感じだった。広い太平洋上で、僚艇のピンチを知った時の気持というのは、矢張りその場にいたものでないとわからない。なんとも、こちらの身まで縮まるような気がする。

〈チタ〉の事故を見て改めて思ったが、オンデッキマストというのは怖しい。デザイナーはそれぞれ計算あってのことだろうが、その計算が絶対に大丈夫だという保証は具体的に何もない。いわば、我々が素人としてただ闇雲に相手のいい分を信じる以外にない。

向うでは、そうした疑念を晴らすべく、ちゃんと眼の前で、納得のいくテストをしてみせてくれる。例えば〈コンテッサ三世〉のフォアステイを今回は強化して一本にしたが、それで絶対大丈夫、何千ポンドの重さまでは持つということを、それだけの重しをつけて引っ張ってテストしてみせる。

命を託す器具についてはこれだけのことが希ましい。日本ではデザイナーも製作者もとてもそこまでの良心はない。金も経験もないから仕方がないではすむまい。何か事故があったり、成績がふるわないと、すぐ乗り手のせいにする通弊がないでもない。今回の〈チタ〉の苦戦は、乗り手を云々する前に、船を作った人間の側に絶対に責任がある。

先年のトランスパックで、僕が日本製のセールの悪口を書いたら、名古屋のセール屋から、感情的すぎる論だと非難の投書があったが、ちなみにそのセールメイカーのスピンを今回〈チタ〉がレース中に張ってみたら、一時間もたたぬ内にトップから三、四〇糎ほどでちょん切れたそうである。これはどういうことなのか。残念ながら外国のメイカーの品物では絶対にそういうことはない。

大金を払った品物がろくな役にもたたずに文句をいうのが何故いけないのか。非難が感情的になるのは当り前である。自分が商売人であるということも忘れないでもらいたい。

僕も今、あるところで作ったゼノアのカーヴが悪くて往生している。文句をいって直さす度に悪くなる。その修理はいつも遅々とし、代りに勘定書ばかりはきちんと来る。僕はセールを返し、金を払わないつもりである。いい加減にしろというものだ。駄目も二度三度出たら、一度位は走っているところを見に来たらどんなものだろうか。まさか、太平洋でセールが役にたたないところまで見に来いとはいわないが。

その他、今回はいろんな意味での新記録や新しい出来事がいくつもあった。

アメリカ以外の国からの参加も、今年は今までで最多だった。日本から二隻、カナダから二隻。イタリイのエントリイはイタリイ海軍の〈コルサロ〉で、スキッパーは海軍中尉のジョバンニ・イアヌッチ。かつてのクラスボートの有名選手である。その他、今年はフィニッシュ後、失格させられた艇が一隻あった。これも未聞なことと思われる。

レース中ラダートラブルのとき、艇をたて直すために瞬時機走した〈カイアロア二世〉で、艇長がフィニッシュ後それを報告し、コミッティは審議の結果、他の処置が出来た筈と断定し、ペナルティではなく、失格とみなした。当り前といえば当り前だが、気の毒な話である。

この船は大層大らかで、Aクラスのくせにいつもこクラスと Dクラスの仲間にいて、風の落ちた海域中で、モーニングコールに出て来ず〈デクスター〉のオペレーターが咎めると、「今シーアンカーを上げてるところだ」などと冗談をいって笑わせたりしていたが。

記録ではないが、今年目立った新傾向は、Aクラスでは無理だろうが、B、C、Dクラスにファイバーグラス艇がふえ、どれも好成績を残した事が注目された。

全クラス中一位の〈サイキ〉にしても、C級二位の〈ハナレイ〉も評判のCAL40だし、全重量の軽い、水切りのいい、しかも木製よりも安いというファイバーグラスの大型クラスボートはこれから大いにのして来そうだ。日本あたりでも二、三そうした船が出来つつあるそうだが、注目に値する。

しかし、この船の材質の問題はいろいろ討論の余地がありそうで、カタマランとの差程はなくとも、木製、鋼製船のハンディキャップからして、将来、ファイバーグラスに関してレイティングの上で何か新しい条項が設置されるかもしれない。現に五・五クラスでは、一昨年ニューポートで出来たてのファイバーグラスの五・五に乗って感歎した直後、ファイバーグラス製の五・五は除外されることに決められた。

成績がものをいうせいか、アメリカ人にはファイバーグラスのクルーザー信奉者が多いが、僕は趣味としては一寸ひっかかる。

日本のように辺りが汚く、すぐに船が汚れ、湿気も多いところでは、メインテナンスからみてもファイバーグラスの方がいいような気もするが、しかし尚、妙につるつるしたあの感触は、どことなく落ち着かない。といっているのが古すぎるといえるかも知れないが。それに乗っていて木製に比べて雑音が多くて落ち着かないのも欠点だ。

印象的だったのは、トランスパックの強豪クラスの〈ナル二世〉が、'63、'65の不振から、ついにスキッパー、ピーター・グランツは彼女を二万三千ドルで手放し、四六フィートの新艇に踏み切ったそうだ。設計は同じくラップウォースで、木製シンプルプランキングだそうだが、トランスパックに大いにクレジットあるこの二人のコンビが、次期トランスパックにどんな成果を上げるか、識者の中では注目の的だ。

また今年目についたのは、一家ぐるみでクルーを組み、それが善戦して入賞した船が何隻かいたこと。例えば、Bクラス一位、全艇中三位の〈フラスコール〉B級二位の〈ウェストワード〉等は、下は十一、二の子供までがクルーとして働いている。そして、最もタフな職掌のコックは、メイドではなく、スキッパー夫人がそれを勤める。

〈フラスコール〉の艇長は、ロイアルハワイアンでの表賞式に家長として一族を台上に呼び上げ、みんなに向って、「私はこの素晴しいクルーがいたから勝てた」と一族を紹介して拍手を浴びた。見ていて微笑ましい、と同時にうらやましい光景だ。

一族のクルーなら、チームワークもいいし、第一、金がかからない。レースの後、カウアイ島のハナレイベイへ航海して遊んだが、やって来ていた〈ウェストワード〉では、息子たちが船の番をし、両親だけが上のホテルで泊っている。そんなことも、家族の中だと当り前のこととして出来る。

ちなみに、トランスパックにかかる費用について質してみたが、すでに船があって、それを整備し、修理し回航したり、或いはクルーをフィードアップしたりしてレースに参加するために、大体平均Aクラスの船で二万五千ドル、Cクラスで一万ドル内外かかるそうだ。〈ウェストワード〉の家長艇長は、次回も出たいが出れば入賞出来ると思うが、金がかかるからわからない、と率直にいっていた。

〈コンテッサ三世〉は、ホノルルからメインランドまで貨物船に載せ、誰がどんな差配でしたのか、四千ドルという馬鹿気たフレイトを払わされた。

参加艇の殆どすべては、やって来たと同じクルーでメインランドへ帰るが、帰りは、北の無風海域を機走ですっ飛ばして帰るそうで、行程約一五、六日、内八割は機走だそうだ。そのため、各艇甲板に大きなドラム罐を二、三本積んで出ていく、こんな旅も、日本人の神経ではとてもついていけそうにない。第一、私は無精のせいか、それとも動物的感覚でか、エンジンという代ものをとてもそれほどまでに信用出来ない。

これは記録ではないが、今回あった珍しい事件として、我々のサンペドロ、スタートの約一週間前、離婚したミス・サイトという三十すぎの女が、「I want to be alone.」とだけいって、三〇フィートに欠けるヨットで、エンジンも、航海器も何も積まず、ホノルルに向ってカルフォルニアを離れた。周りはさんざんとめたが、彼女はどうしても孤りになりたいそうで、聞き入れなかった。

それが、レーススタート前々日誰かがサンタバーバラ沖で見た、というものがあるきり行方知れない。トランスパックのレース艇は、途中彼女を見つけたら報告するようにといわれたが、誰も見たものはなかった。

みんなは、馬鹿なことをするとか、売名だとか、そんなことをするような女だから離婚になったのだとか（二度目の離婚だそうな）、余りいい噂はしていなかったが、ホノルルに全艇が到着し、遭難するのではないかとまで思われた〈チタ〉までが見事に着いても、まだ見つからない。

コーストガードは七月二十五日すぎても見つからなければ、正式に救助を出すといっていたが、その彼女が二十一日の打ち上げのトロフィディナーの直前、午後五時にホノルルへたどり着いた。何かで片手首を骨折して重傷だったが、ともかくも無事に流れついた。

表賞式の最後に彼女は壇上に招かれ、「いろいろおさわがせしました」というような挨拶をしたが、大拍手で迎えられた。彼女の方は何隻かレース艇を見たが「誰も私にはかまってくれなかった」そうである。

たちまちライフ誌が一万ドルとかで彼女の手記を買いとる契約をし、翌日の新聞は、「ミス・サイトはもうじき有名になり、金持となり、新しい夫を持つだろう」といった書き出しで記事を載せていた。

彼女にどんな自信と勘があったかは知らないが、初めから何ももたず、何も知らずにカルフォルニアを出たとすると、大した神経である。天測でトラブった僕としては、一層驚かざるを得ない。

しかし何にしても、彼女のそうした行為を、個人の自由か何かは知らぬが、ともかく許したアメリカという国もこんなことに馴れているというか、立派なものである。その後に、人命尊重のためにいざとなれば莫大な金をかけて捜索を行なうのだ。日本なら何をひと騒がせなと、出る前に捕えられるが、いざとなれば、そう多くの捜索も希めまい。

フィニッシュした後、ダイヤモンドヘッド沖をセイリングしていたら、近くで三人乗りのカタマランがひっくり覆った。彼らだけでは艇を起せそうにないので、無線電話でコーストガードを呼ぶと、驚いたことに三分後に飛行艇が二機超低空で飛んで来、ダイマークを落して旋回し、海が黄色に染ったのを見とどけて飛び去ると、まもなく快速艇が二隻救助にやって来た。たかがヨットの沈《ちん》に大袈裟なくらいだが、それが当然ということになってるらしい。沈した当人たちも平気な顔をしている。日本あたりだと陸に上った後どうも気恥しくってというところだろうが。

新聞が書いたことが当ってかどうか、カウアイ島で、ウェイ港に我々を訪ねて来たミス・サイトは、若いハンサムな男につき添われていた。昼間、間近でよく見直したが、僕の好みからいっても、ヨットで孤り海に出ていた方がいいような女だった。

それからもう一つのトランスパックに於ける新事件は、裕次郎の発病による〈デクスター〉へのトランスファーである。今までのレース史に、後にも先にも、こんな例は無かったようだ。よく冗談に、どこか長旅に出かける時、盲腸を切っていけとの話があるが、今回はそれが最も悪い条件で現実となった。この救助に関して、コーストガードが見せた好意は並のものではなかった。

あながちタイム・ライフに裕次郎が日本のマーロン・ブランドと出ていたせいだけではなく、ここでも彼らの人命救助に対する真摯な努力に頭が下る。

ちなみに、裕次郎の〈デクスター号〉における待遇は大尉並みで、船長の次ということになるらしい。

いずれにしても、トランスパックの内幕をそのヘッドコーターからちくいち覗いた人間は、アメリカにもそう何人もいないのではなかろうか。〈デクスター〉から彼のもちかえった土産話は、興味津々たるものがある。

レースへ

六月三十日、ロスのカルフォルニアクラブでナビゲーターの講習会がある。船の整備の方が遅れ、迎えの岡ちゃんが来ず、予定より三〇分遅れて宿泊地のロックビーチを出る。ロスの中心地にある、豪壮ないかにも由緒あり気なカルフォルニアクラブの大広間に、すでにぎっしり各艇の関係者が集まってレクチャーは始まっていた。建物の雰囲気を見て、ナビゲーターに必ず上着を着てくれという報せの訳が解せる。〈チタ〉の吉田艇長、曾我ナビゲーターの側に坐り、今までの講習のあらましを聞くが、どうもわかったようでわからない。〈チタ〉の二人とも同じだそうだ。

朝のモーニングコールの後、天気情報の解読の仕方を重点的に質す。一連の数字が読み上げられ、その数字暗号を解読するわけだが、面倒臭い仕事だ。今になってまた、突然不参加となった田中ナビゲーターがうらめしい。

その後、天気図から風の吹く方向を判断する講義があったが、これは、ごく当り前のことを割に鹿爪らしく、聞く方もひどく深刻に聞いていた。それを見て岡ちゃんが、こいつら天気図に関しちゃ大したことはないらしいと断定した。確かに、猫の目のように天気の変る日本と、大よそ一年中の天候の決ったカルフォルニアとでは、天気図判断の需要も違うだろう。

それでも今年は日本と同じ異常に寒い夏だそうで、北海域の高気圧の位置も平年より南だそうだ。この高気圧は、出発当時には平年の位置に戻りはしたが。

七月二日、恒例のパサデナのハンティントンシェアトンホテルでのインストラクションディナーがあり、レースに参加する全員の顔が見える。クルーのリクは、シスコで出来たガールフレンドのジルが思いがけず、わざわざ飛んでやって来たのに驚き感激して、青ざめた顔をしている。この男はいつどこへいっても、そっちの方ではまめだし、いい成績を挙げている。

前回と違ってエントリイが多く、会場は大混乱でウェイトレスが頭へ来てしまってい、高額七ドルも払わされてやっととどいたマヒマヒのステーキを一口食べた後、今年は〈ナムサン〉に乗るという前回に出来た友人ディックと立ち話し、ジョー・ミラーの噂をしている間に、さっさと運び去ってしまったのには、こちらも頭へ来た。追加の注文がきかず、リクは自分の分をジルに廻して結構倖せそうな顔をしている。

折角のディナーも人数が多すぎると大味で、前回のように和気あいあいたる雰囲気が出ず、今年はひどく事務的だった。

七月四日。

スタート。

前述の如くエンジントラブルでタグボートに曳かれてスタートラインに急ぐ。

海上霧濃く、サンペドロのポイントが良く見えない。風は微風。どうやらこの分では今年もカタリナは静かそうだ。

スタートは、前述の如くビリ三。が、ともかくもビリではない。ジューイさんと二人で、まだ先は長い長いと気合いを入れ合う。フォスターはスタートの結果をみてがっくりし、そこそこにクォーターバースに這い込んで出て来ない。

カタリナをかわすころ、スターボードタックに曳いたコースがよく、もり返す。ここらは前回と同じだ。

カタリナをかわす頃には霧が晴れ、夏らしい陽射しとなる。右舷前方を行く美しい大スクーナー〈シレナ〉に伴走艇やヘリコプターが群がっている。全くスクーナーという奴は眺めて実に美しい。それに〈シレナ〉のプロポーションはまた特に素晴しい。この艇はサンペドロ出港の時、レース後ホノルル出港の時、美人が見送りに来て泣いていた。その美人が誰のものかは知らぬが、全く女泣かせの船だけあって、とにかく美しい。

カタリナをかわし、上りとなる。これから各艇どの角度で舵を曳くかが問題だ。〈コンテッサ〉はラムラインやや下って二〇〇度にコースをとる。陸を離れるにつれ風は追手にシフトしていくだろうし、今ぎりぎりに上るより、リーチンダの方が〈コンテッサ〉はよく走る。フォスターも、この船はリーチングが一番強いといっていた。確かに、荷を満載しながら実によく走る。

その頃、はるか彼方にカタリナをかわした〈チタ〉が現われる。一寸見ただけでわかるが、上りの角度が著しく悪い。潮があるのか何度もタックしているが、一隻だけ違う目的地に向うのかと思うくらい角度が悪い。

人ごとながら気がもめる。あとで吉田君の話だと、みんなに置いていかれてしゅんとなっていたそうだが、追手になればと自ら慰めていたそうだ。ナビゲーター会議の時は最低のハンディキャップだから、旨くやるとDクラス入賞はするぞといったら、曾我君は「冗談じゃない。我々は for all over を狙ってるんです」と大分鼻息が荒かったが。

カタリナを過ぎ、買っておいたログメーターをセットして流す。ロープの長さは約四〇米。長ければ長いほど正確でよい、とは書いてあるが、とにかく他の計器が役にたたないのだから、これをあてにせざるを得まい。

その後、岡ちゃんが針金をつかって計器の装塡《そうてん》をやり直し、どこかの職人みたいに奇麗に仕上げてくれる。こういうクルーが一人いるとはなはだ助かる。

夜になると冷え込み、いよいよフンボルト寒流に近づいたか、すでに入ったか。

二日目、三日目、太陽が全くといっていいほど出ない。他の艇も同じようだ。先頭グループのナビゲーターが、〈デクスター〉のオペレーターに、「現在位置をいえといっても太陽が出ないんだから、ログでの位置が正しいかどうか俺は受け合えないぞ」と怒っていっている。いずこも同じだ。

〈チタ〉を呼んでみると、吉川艇長、曾我ナビゲーター、なんと二人とも出来上っているとのこと。暫くし、二人が出て来る。太平洋を渡って来た二人がこんな具合だとは。これも責任ある人間としての緊張による神経の疲労のせいだろう。二人の気持はわかるような気がする。

　こうしてラジオテレフォンで日本語で話し合ってみると、レースに自国艇が二杯いるというのはいかにも心強い。毎朝、定時に交信を約し、節電し、話は簡単にして切る。

　三日目、太陽がちらと出、第一回のショットをとる。

　推測位置を出し、せめて一本だけの線でも引こうと計算するが、ところがこれが変なことになる。点測し直そうとするがすでに太陽はない。なあに、どこか間違ったのだ、明日、もう一度とり直し、やればわかるとあっさりあきらめたが、この後天測がどういうトラブルになるかまだ知る由もない。翌日、くり返したがまた同じ。

　慌てて計算の結果がどうも間違いであるらしいことを告げ太平洋夏時間の問題について〈チタ〉に質す。然り。それは甚だ妙な結果である、という答が返り、しゅんとなる。計算の途中にミスがあるのではないかと、それを正すため誰か簡易天測法をやる人はいないかと聞いても、みな米村式で誰もいない。曾我君がこともなげに「ああ、簡易天測法は太平洋じゃ駄目なんじゃないですか」と無責任な答え。冗談ではない。再度、参度念のため持参しておいたテキストを読み返すが手落ちはない。心は暗澹《あんたん》たりだが、みんなにはニヤニヤしておく。

スタート後、風邪で寝たきりのフォスターが顔をのぞけ、濃い灰色の空を仰いで「Where are we?」と訊ね、僕は「No sun」と答える。彼の甥っ子のデヴィッドはヘッドで相変らず、凄い音をたてて吐いている。今の内にエンジンをアジャストしておこうと岡ちゃんが彼を呼ぶと、「一寸待ってくれ。今ガスを嗅げば、俺は地獄へ落ちることは神に誓ってもいい」と答えた。

頑張り屋はリクで、コックとして飯を作っては気持が悪くなり、ぶッ倒れながらまた果敢にギャレイに挑戦している。整備が悪くケロシンのジンバルが不調で火がすぐに消え、その度リクは凄い眼つきで、ジンバルととり組み、揺れる鍋と格闘している。そうやってともかくも熱い飯を作り上げる。

その根性に岡ちゃんやジューイさんが改めて感嘆していた。「はい、小父さん飯だ」と出来上った料理をさし出され、フォスターが「コレ、ナニ?」と片ことで聞くと、リクはにこりともせず、「何でもいいよ、手前らにはもったいねえみてえなもんだ」と一喝である。わかってかどうか、フォスターもデヴィッドも、頷いてインスタントたぬきそばかけの、チーズ入りのおかゆをぼそぼそと食っている。

弟の救急

六日の夜ウォッチを終った裕次郎が、それまで馬鹿にしていたジューイさんのお灸を頼むとバウから起き直して来た。頑張る時は目茶苦茶に頑張って滅多なことでは弱音は吐かぬ彼が、お灸を頼むといい出したことにいやな予感がする。それまで出発する前日から盲腸のあたりが痛いとクロマイを呑みつづけて来た彼だが、薬はきかなかったようだ。フォスター、デヴィッドが役にたたず原田の学と二人ウォッチを頑張りつづけ、冷え込んだ無理がたたったようだ。頑張るだけ頑張ってぶっ倒れる時は突然ばったりいく彼のことで一層に不安だ。ジューイさんが献身的に、おへその周りに二百近く小さなお灸を据えるが、一向に効かない。「どうも切り時のような気がするな」憮然として裕次郎も独白する。痛みは刻一刻ひどくなり、弟は顔をしかめ、天井を見上げているだけだ。

遂にジューイさんが僕に相談に来た。「俺は獣医だが人間の盲腸ぐらいわかる。あれは間違いない。聞くところ今まで二、三度ちらして来てたそうだが、慢性になっているようだ。

慢性でもこれだけ条件が悪いと危い。最悪の時、切れといわれりゃこの船の中でも切るがどうしようか」

「ジューイさんにシーナイフで盲腸を切られる前に、ともかく〈デクスター〉を呼ぼう」ということで〈デクスター〉を呼び出した。

その交信の時、フォスターが示した態度に岡ちゃんが激怒した。岡ちゃんが彼に弟の病状を告げ、〈デクスター〉を呼ぶようにいった時、フォスターはいきなり、「レースはどうなる。彼を移すようなことをすれば失格するのではないか」と抗議した。

そのあと、〈デクスター〉を呼ばず、まずルールブックを探し、それが見つからぬので、誰かがスヴェニールに盗んだとわめいた。

こと人命に関する時、レースを問題にするとは何ごとか、と岡ちゃんは真っ赤になってやり返し、フォスターはようやく沈黙した。

その後も、〈デクスター〉の船医に裕次郎の病状を告げる時、ジューイさんのことを獣医とはいわず医学を少し知っているものといったり、多分誤診だろうなどと余計な報告をし、我々を怒らせ、しまいには岡ちゃんがマイクをひったくってとった。我々とすれば、日本人が頼むよりアメリカ人が頼んだ方が相手もいうことを聞いてくれるだろうとつまらぬ考えで彼をたてたのだが、実際にはそんな心配は全くいりはしなかった。

〈デクスター〉の船医は病状を質した後、この船には手術の設備がない。吐き気がないようだからまだ大丈夫だと思うが、〈デクスター〉が接近する前に、近くを通る本船があったらそれに連絡せよと告げた。

〈デクスター〉に手術の設備がないというのは意外だった。盲腸とはいえ急変したら怖しい。死ぬこともあり得る。カルフォルニア目指して戻るにしても、まだ追手ではないからそれほどきつくはないが、しかしここまで来ただけの日数はかかる。その間に容態が悪化したら危い。

限界まできた慢性盲腸を後四、五日そのままにするというのは危険に違いない。ともかくも本船を探し、それが無ければ（この太平洋上で、そう都合よく他の本船に会える訳がないし）〈デクスター〉に移そう。ここにおくよりは何かよりよい処置がとれるだろう。〈デクスター〉でカルフォルニアに全速で戻るなり、ホノルルを目指してもらえばこちらより早いし、どこかにいる他の本船を捉えることも出来る。そう決め〈デクスター〉に接近を頼み、現在位置と覚しきものを教えた。

そして秘かに、明日朝〈デクスター〉と出会った時、モーニングコールで我々の位置が正しいか、どれくらい誤差があるかもわかると思った。

ところが驚いたことに〈デクスター〉と交信中、岩田のガンちゃんと学ちゃんが左舷に遠く本船の灯を見つけたのである。まぎれもなく大きな本船だった。

我々のコースを前方で斜めに横切り、遠去かりつつある船だ。〈デクスター〉に告げると、至急それを捉えよという。船を止めて漂わせ、鉄砲のマニアというデヴィッドが、この時ばかりはすすみ出てフライアーを打ち上げた。瞬間、爆裂音とともに、真っ赤な火の玉が頭上に上り、燃えひらめいて水に落ちる。一発、二発、三発、真っ赤な火が、つかの間灰色の海を染め、大きな波を映し出す。なんともいえぬ不安な、いやぁな光景だった。しかし落下傘のついた明りは二〇米も上らず、あっ気ないくらい早く水に落ちて消えた。

救急のために初めてフライアーを使ってみたが、あんな程度のもので他艇に連絡のとれるものだろうか。

フリーボードの低いヨットとしては、もっと強力な夜間用の救急信号を用意しておく必要があるような気がする。

果せるかな六発打ち上げたが本船は気がつかず、そのまま遠い水平線の闇に消えていった。

しかし正直いうと、がっかりしたよりもほっとした気分だった。どこの国籍かもわからぬ、また、その角度から見てもアメリカ西岸を目指した船では決してない。パナマ経由の東部、或いはヨーロッパ行きか、或いは南米に向う船だったろう。

そんなものに拾われたら、とんでもないところへ連れ去られ、後の連絡のとれようもない。

◉レース中のコンテッサⅢと裕次郎専用のセールバッグ。

それにどんな医者がい、どんな手術をするかわかったものではない。英語の通じぬ船で、とんちんかんなやりとりで、盲腸でなく顔でも切られたらえらいことだ。

翌朝、明け方近く〈デクスター〉はやって来た。

間近に近づいた大きな舷灯を見てどんなにほっとしたことか。それが左舷後方からゆるやかに伴走して来る。レースだし、スピンの上る風となり、スピンを上げたかったが、流石に遠慮し朝を待った。この間、約五時間のロス。

夜が明けモーニングコールの後〈デクスター〉は接近し、位置を右舷に変え内火艇が下された。甲板には乗組員が並び、手に手にカメラをかまえている。彼らにしてみてもこんなシーンは滅多にお目にかかるまい。コーストガードの新参水兵の練習船である〈デクスター〉にとっては、もってこいの実地訓練、いや本番そのものだったろう。こちらでも写真マニアの岡ちゃんと報知記者のガンさんがカメラをかまえる。ジューイさんも八ミリを。これは間違いないスクープ写真になるだろうが、さすが僕としてはそんな心境になれない。フォスターが後になって、こんな事態にカメラの放列を敷くとはなんたることかと怒ったそうだが、お互いさまというところか。

裕次郎はすでに覚悟を決め、身の廻りのものをセールバッグにつめ合羽を着、ライフジャケットをつけて待っている。僕に促され甲板に出て来た彼は、矢張りサングラスの蔭で泣いていたようだ。彼にしてみれば、前回は石原プロ第一回作品「太平洋ひとりぼっち」の撮影で駄目、今回はこんな事故と挫折つづきで、口惜しさで胸一杯だったろう。

僕はただ低く重苦しい声で「気をつけろよ」というしかなかった。内火艇が近づいたとき気づいて、持っていたお守りを手渡そうとしたら、「いらない、俺も持っている」といった。

セールバッグを放り込み、ライフラインをまたいで呆気なく彼はボートへ飛び移ったが、その瞬間、あるいはこれ切り会えないんじゃないかという気がし、胸がつまり、思わず手を合せて祈った。

内火艇を指揮した士官は挙手の礼を送って船をUターンさせ、〈デクスター〉に戻っていく。遠去かっていく内火艇の上に一点、弟の黄色い合羽が目にしみて映った。もう聞こえぬが僕は知らずに何か訳のわからぬことを怒鳴りつづけていた。

気づくと、目の前でリクが頰に伝う涙をぬぐっている。それを見ると、急に今までこらえていたものが熱く溢れて頰を伝った。

「大丈夫かな」うめいていう僕へ、

「大丈夫ですよ。命は大丈夫ですよ。でも俺、あの人が気の毒で。さぞ口惜しかったろうな、出て来る前、キャビンの中で一人、泣いてましたよ。それにあのボートに乗り移ったのを見たら、なんだかじーんと来やがった。馬賊の大将が矢折れ尽きて毛唐につかまって連れていかれるみたいな気がして、可哀相でしかたなかった」

いいながらリクは尚も涙を流している。

洋上で急病の弟を移した後の不安とおびえの中で、リクのその涙が僕の胸にとても熱く感じられた。友情というか、男同士のつながりのようなものを感じて、不運な弟のためにも僕は一寸救われた気持だった。

去年約一年間の雌伏の後、神子元レースでゴール寸前〈シレナ〉を抜いて久々にファーストホームした時、「畜生、なんだかじーんと来やがる」と一人頬を拭っていたリクだったが。


弟の事故で計らずもまたスキッパーとなり、同時に難問をかかえたナビゲーターでもあった。弟の救急はあっという間に終ったが、しかしそれが余程ショックとしてこたえたことが後になってわかって来た。胃痛である。弟を乗せた〈デクスター〉が消えていった時、今まで経験したことのない胃痛が襲って来た。一睡りすると薄らぎはしたが、それはその後何かトラブルが起る度必ず強く蘇って来た。吐き気とは全く違う重苦しい圧迫感を伴った痛みだ。

神経だ、とわかっていてもどうしようもない。スピンのトラブル、ジャイブのトラブル、充電のためにかけるエンジンのトラブル、その度に胃が激しく痛んだ。陸にいる時は、どんな高熱でも酒を飲むが、それ以来、ホノルルへつくまで、みんながいい気持で飲んでいても飲みたいと思わなかった。我ながら全く不思議なくらいで、一口飲むと胃が苦しく、酒を見るのも厭だった。長い航海に出ると、陸にいる時ほどアルコールを欲するものではないが、それとも全く違う。少しでも胃を刺激してはいけないという神経ばかりが働いて、てんでその気にならない。胃自体もそんな神経に痛みつけられて弱り、空腹になると激しく痛み出すので、食べたくもない食事だけは無理してでも食わなくてはならない。始終、何か少しずつ食べていないと、すぐに痛み出す。他人が見ると、胃が悪いというくせによく食うと思ったかも知れないが、弟を移した後の航海は、僕にとってはまさに胃との戦いでもあった。

そんな胃も、ダイヤモンドヘッド沖でゴールインした瞬間、出迎えのモーターボートのさし入れのビールやマイタイをがぶのみしてもびくとも感じなかった。アラワイのハーバー桟橋に横づけになり、更にデッキの上でのパーティーでマイタイ、ウイスキーを二〇杯近く呑んだが、ちくりともせず酔いもしない。神経とは知りつつも現金なくらいのものだった。

弟の事故の後、トラブルは続出した。

フォスターが自ら考案したというスピンネットが全く役にたたず、作り直せといっても面倒がって聞かず、スピンがステイにからんだり、そのネットにつけた大袈裟な金具にひっかけて破れたり、一晩で三枚のスピンを破いたこともあった。

何より参ったのは、スピンの舵引きが足りぬことで、あてにしていたフォスターのステアリングがカッターを漕ぐみたいに乱暴で話にならない。年中つぶしては張り、つぶしては張り、ブローチングさせ、また戻し、その度、凄い音をたててスピンは風をはらみ、マストが音をたてて軋む。

ジューイさんは、この分じゃホノルルまでに必ずマストが折れるぞ、と祈るような顔でいったが、スピンが傷だらけになり、スピンはパッチが無くなり、この後また破けたら後どうしようもないということになった頃、フォスターは遂に自分の技量にあきらめ、スピンの舵を自らは引かなくなった。

レースの七、八日目から三、四日間、右に左に、ある時は一度に二杯のレース艇を見た。広い太平洋でこんなことは珍しい。他艇も大体我々と同じコースをとっているようで、スピンを張りつづけていられれば、いいところへくい込めそうに思えたが、いかんせん、日がたつにつれスピンは穴だらけになり、次の事故を怖れて、夜間は殆どスピンを下しジブを上げ観音開きでということになってしまった。

ウォッチを無視し、ジューイさんが四、五時間ぶっつづけで舵を引き、フォスターに代ろうとすると彼が僕を起せといい、僕が這い上り二時間も引くとくたくたになり、フォスターに代ってもらうと知らぬ間にスピンが下っている、というようなことが何日もつづき、その間に結局夜間のスピンはとり止めということになってしまったのだ。これではとてもレース艇とはいえない。

「アロハベイビイ」「ステキなブンブン」とフォスター命名の、彼の知っているホノルルのセール屋で作ったヴォリュームあるスピンは、航海半ばで「ブンブン」がぶっ裂けてお手上げ、「アロハベイビイ」は傷だらけで臨終間際、もう一枚の前回からあるシセロのスピンは弱って腰がなく駄目、頼みにしていた、リカットして直したという日本製のスピンは、探してみたらなんとフォスターがホノルルで積み忘れていたとは、いやはやである。

Where are we!?

ハワイが近づくにつれ、ボースンバードが現われ、シャワーが通り、眼に入る風物は大体のところ前回と同じだが、今年は巨きな軍艦鳥を見なかったし、何といっても違っていたのは天候が前回より悪く、そのせいか、風が余り落ちなかったことだ。必然、マストを折る船が続出した。

我艇もラフなステアリングで一夜にスピンを三枚破ったりして大騒ぎつづきで、つぶされたスピンがもの凄い音をたててふくらみ直し、マストがぎしんぎしんいう度きもを冷やした。ジューイさんは、マストを仰ぎながら、

「この分じゃ、オアフに着くまで多分、間違いなくマストは折れるぞ。俺は一万円賭てもいい」などという。

弟が急病でいなくなり、天測は出ず、半ばやけで、「こうなりゃ、ついでに何でもかでも起りゃがれ」などと嘯いてはみたが、内心不安が耐えない。

夜間も風が余り落ちず、スピンを下しても一ノット減ぐらいで結構走る。この分では、前回の一五日台を割ることだけは確かだが、他の船がどこを走っているかが問題だ。

一ノット減というが、それが続いていけば、どんな大きな差になるかはわかっている。がしかし尚、船がともかくも観音でプレイニングしながら走っていると、まんざらすてたものではない、ひょっとするかも知れない、という気もして来る。浅間しい、といえば浅間しい。

行程半ばをすぎた頃、せめて緯度だけ出そうとポラレスをとってみると、北斗七星の辺りに見かけぬ大きな青い星がある。北斗八星という訳はなし、新星発見かと肉眼で見直すと、その星が間違いなく動いている。飛行機ではない、星なのだ。

驚いてみんなに報せると、もの知りの岡ちゃんが、

「ああ、あれは人工衛星のエコーだ」という。

なるほどそうだ。どのくらいの高さか知らぬが、自分の軌道を、肉眼で見えるほど、ぶるぶる震えながらゆっくり大空をよぎっていく。

エコーはその後夜な夜な現われたが、その日によって軌道が違うのはどういう訳だろうか。

満月の夜、月とは反対側の北の夜空をゆっくりすぎていく人工衛星は、美しいというより妙な感慨を抱かせる。ともかく、人間はとうとうこんなことをするところまで来たか、という気がする。

人工衛星という奴は、よく眺めると、星は星でも矢張り人工で、輝き方が派手に大きいが神秘な感じがしない。天然ダイヤと人工のガラス玉宝石の違いか。

しかし、この夜空に、自分が作って飛ばせた星を一杯やりながら眺めている奴は、この地上で可成りいい気持でいるに違いない。

夜、わが家でのパーティーの後、

「みなさん、一寸表へ出て休みませんか、お目にかけたいものがある」

と客を誘い出して、天を指さし、

「あそこに私の星があります」

などと披露するのは悪い趣味じゃない。

エコーが消えた後、昇り切った満月が実に美しい。空に群がる貿易風雲を、満月がゆっくりとよぎる。その度、翳る海、また銀色に輝く海、その上をかもめか、それとも阿呆鳥か、昼間姿を見せぬ大きな鳥が黒い影となって羽音高く飛び交う。サンタバーバラ沖で大きなこうもりに会ったリクは、頬をかすめられ、

「ああ、またバンパイヤーが来た」

と驚いたが、いくらバンパイヤーでも、ここまでは追って来まい。血を吸うにしては、一〇日をすぎた航海でのヨット乗りの血は塩からすぎるだろう。

月は、見た眼には前後三日間ぐらい満ちたまま欠けぬように見え、三晩目の遅く急に欠け出した。フォスターは、真顔で岡ちゃんに、

「七月のフルムーンは何日つづくのか」

などと訊ね、「冗談かと思ったら、本気みてえだぞ」と岡ちゃんの失笑を買ったが、しかし、一寸そう訊ねたくもなる。

一一日目の夕方〈デクスター〉から弟が〈コンテッサ〉を呼び、注射を打ってどうやら治まったから出来ればそちらに移りたい、といって来る。推測船位を報せてやったが、翌日、

そちらを探したが見つからない、という。夕方のランデブーを期して、新しい報告をするが、また会えない。

ログで割り出した位置だと、Cクラス中、三位か四位のポジションにいるという。

「本当にそんないいところにいるのか」裕次郎は訊ね、こちらは、

「多分そうだよ、多分」

と答えるよりない。後でわかったが、ログのピッチングによる誤差の分だけ後方にいた訳で、一〇〇哩近く離れていたことになる。これでは探しても見つからぬわけだ。弟の方はやいのやいのいって来、〈デクスター〉も懸命に我々を探してくれたが、とうとう最後までつかまらなかった。

乗り移ったまま、切歯扼腕《せっしやくわん》する弟にはすまなかったが、どうしようもない。〈デクスター〉も、そうそう〈コンテッサ〉だけにかまけていられず、やがてAクラス艇を追って引き返していった。

その間、我々の位置は依然として、Cクラス三位、全艇中七位。

「ほんまかいな」

かんじんのナビゲーターが首を傾けるのだが、ログを計算し直し、

「間違いなし、俺の首をかけてもいい」

岡ちゃんが断乎としていい切る。

リクが飯をつくりながら、流行りの「女心の歌」をもじって、
どうせ私をだますなら、だましつづけてほしいのよ、と歌う。

「だますんじゃない。真実だよ」

と岡ちゃん。

「わかりました。信じますよ。でもそれじゃどうして、〈デクスター〉と会わねえのかな」

「太平洋は広いよ。向うの探し方が悪いんだろう」

こうなると自信である。

どうもログに誤差があるような気がするが、それを正すために正確な船足を計るスピードメーターが最初から壊れているのだから、お話にならない。

一二日目の朝、この分だと今日の午後ぐらいモロカイが見えてもいいことになる。

「陸が見えたら英語で何んというんだ」

フォスターに聞くと、

「land ho!」だという。

「よし、最初にランド・ホーをかけた奴には十ドルの賞金だ」

などといってバウで昼寝をしていたら、突然頭上で、フォスターが、

「ランド・・ホー！」

大声で叫んだ。

みんな声につられてバウに走り、指されたものを眺め、抱き合って喜んでいる。前回経験者ジューイさんまでコックピットから出て来た様子だ。僕もベッドを脱け、ドッグハウスから戻って来たジューイさんに質すと、

「うん、多分そうだ。いや間違いない」

という。

岡ちゃんは、

「どうです。間違いないでしょう。あのログ航法でよかったんだ」

と鼻をうごめかす。

まだ見ぬ前だが、どういう訳か僕一人が懐疑的で、のっそりデッキに上りバウへいって眺めて見た。

全然違う。

「あれは雲だ、陸じゃない」

即座にいうと、フォスターが、

「いや、モロカイだ。俺は土地のものだ。それにハワイ諸島はどの角度から眺めてもわかる。

我々は少し、北側に来ているようだ」などという。

「絶対に違う。お前は、モロカイを何十哩も離れて水の上から眺めたことがあるか。島としてもあれでは高すぎる。モロカイの山は低い。あんなに高く大きくはない。あれは雲だ」

いうと、彼は急に自信を無くし、

「或いは雲かも知れない。みんなに申し訳ない」

と悄然とした。

側にいたデヴィッドも、急に元気がなくなり、飛ばしたスピンハリをつかもうとして火傷した手を、急に痛そうにかかえてうつ向いてしまう。

話が前後するが、その火傷も、昨夜、自分でへまをやって作ったものだ。スピンワークには、特にシートの扱いには必ず手袋をしろ、と僕が手袋をわざわざ買って来たので、それをつけて作業をした岩田ガンさんと原田ガクちゃんを、フォスターは、作業が早くいかないことに腹をたてて、彼らがつけた手袋のせいにして、

「俺がスキッパーなら、手袋なんかつけた奴は海へ叩き込む」

と怒鳴った。

その直後、彼の甥っ子が伯父貴のいう通り、素手でシートを握り、自分がタイミングをとり誤ってシートを飛ばし、それをつかまえようとして両手に大きく火傷をつくってしまった。

かかる事情でユースレス（役たたず）デヴィッドの怪我には全く同情が集まらず、ガンさんもガクちゃんもそっぽを向いてしまった。チームワークということからすれば憂うべきことだが、なんとも致し方がない。

第一回目の「ランド・ホー」で、みんな一瞬抱き合って、すべて感情のしこりが氷解したかに見えたが、それがおっさんの早とちりとわかると、その後、変な空白状態が生じ、フォスターが汚名ばん回と、その午後またまた雲を島に見たてて「ランド・ホー」を叫ぶに及んで、遥に事態は前よりも悪化して来た。


我々がコックピットで、やっと入って来たハワイ放送を、トランジスターラジオに受けて、

「こっちだ、こっちだ。そのうち、着くさ」

「オンコース、オンコース」

などど冗談をいい、笑い合っていると、外人二人がそれを横目で眺め、誰かに、

「お前たち本当に怖くないのか。本当に着くと思うか」

と訊ねる。

その度「OK、OK、オンコースよ」
とジューイさんにあしらわれすごすごとバウへ引き返し、二人で何やらひそひそと話している。

それを見、

「なんだ、だらしねえ、少し気合い入れてやろうか」

などと岡ちゃんは勇ましいが、迷ナビゲーターとしては、いささか責任を感じ且つ、岡ちゃんやジューイさんのいう如くには確信はない。夜間、視界の悪い時うっかり、オアフとカウアイの海峡を通りすぎでもしたら、大ごとである。その先はガム島まで何もない。その可能性がないとどうしていえるか。

にわかじたての天測法がままならぬことを覚った後、秘かに、到着前の二、三日間が勝負だと思っていたが、オアフに近づくにつれ、また天候が悪く、視界も悪くなって来た。

ポラレスをとって、緯度を出し、オアフの緯度でジャイブし、真っ直ぐ西へ向って走ればいいのだが、夜間雲が厚くポラレスが出ない。出ても、向うの水平線が真っ暗で、セクスタントの中で水平線に星を下せないのだ。それでも尚、日本人のせいか、ジューイさんや岡ちゃんは、なに、多分どうにかなるだろうという。考えれば危いものだ。

その夜、デヴィッドがトランジスターラジオでオアフ島の東端、マカプウポイントから出ているビーコンをキャッチ。——……の簡単な信号だが、確かに入る。説明書によれば、夜間は二〇〇哩、昼間は一六〇哩まで届くとある。とすれば、我々は今マカプウから二〇〇哩以内にいることになる。

間違いなく夜間二〇〇哩しか届かないのか、とくり返して質すと、フォスターが横から、彼はスペシャリストだから間違いないと、うなずく。何のスペシャリストだか知らないが、アメリカのことをアメリカ人に訊ねて、その答を信用することにしたが、となると残るは二〇〇哩、うまくやればあと丸一日でゴールだ。心なしか、すすむにつれ、ラジオに入るビーコンに指向性が出て来る。

念のために。ポラレスを狙うが、依然として空は闇だ。

翌日、一三日目、どういう訳かビーコンが薄れ、フォスターは大慌てで、またまた雲を見つけては陸だとわめき、その度にすぐ意気消沈して、終日、甥と二人でバウに坐ったきり、飯も食わず、舵も引かず、さながらロビンソン・クルーソオの如くに、ただ一心に水平線を眺めている。

誰かがバウにいく度、

「ドコイク！」

と日本語で訊ね、今にも泣き出しそうだ。裕次郎からかかった最後の電話にも、デヴィッドが、岡ちゃんの報告を自分の勝手に推測して変えて報告したりし、激怒した岡ちゃんが謝罪を要求し、甥をかばったフォスターと口論となり、フォスターは岡ちゃんに向って、「お前一人はヨット乗りではない」などと叫び出し、その後、また泣きそうな顔であやまったり、全員のひんしゅくを買っている。

しまいに、明日中に着かなければ空軍を呼んで救急に空から探してもらうなどといい出し、怒ったジューイさんは「あいつのことだ、やるかも知れない。そんなことになったら失格だ。そんな気配があったら、ラジオテレフォンを壊して、あいつら二人を縛りつけてしまおう」などと本気でいい出した。

この時は誰と誰とがフォスターに、誰と誰とがデヴィッドをとり抑えようなどと秘かに相談を行なったりして、さながらバウンティ号の反乱の如きものである。

この日一日、遂に何も見えぬまま陽が暮れていった。その日の夕方、フォスターは全くとり乱し、
僕に向って、

「I have to feed up my five families.」(私は五人の家族を養わなくてはならぬのだ)などと泣きついた。

泣かれても僕としてはどうしようもない。ともに、オンコースであることを祈るだけである。

日没前、岡ちゃんが前方に島らしきものを見つけた。大声で報せまた違っても人心攪乱になるので、じっと長いこと見ていたが、他の雲は動くし形は変っても、これだけ変っていな

いから島らしい、という。

僕も眺めて見たが、どうやらそうだ。みんなに教えようかと思った頃、フォスターがやって来、怖る怖る、あれは島ではなかろうか、と告げた。彼も自分のたび重なる誤報に恥しくなったのか、慎重になったようだ。

それを確かめる間もなく、日が暮れた。闇とともにまた不安がやって来た。その闇の中を進む内、ハワイを通りこしたら、などという妄想が頭をもたげる。外人二人は心身とも疲れ果てたか、ものも食べず寝たきりだ。

する内、何夜ぶりにかやっとポラレスが見えた。ショットし、緯度を出す。出た結果はオアフの緯度を通りこし、マウイ島近くまで下っている。僕がそう報告すると、みんなはまた入り出したビーコンの指向性を信じて、もう少し後にジャイブした方がいいといい張る。デヴィッドは、この天測の結果が間違っていることを祈るなどとぬかす。今一時間ほど結果を見ようかといっていた矢先、ガンちゃんが前方に灯を見つけた。

弟の発病の夜以来、初めて見る灯だ。それも船ではない。確かに陸の灯だ。点滅する灯台だ。と思う内、ガスが晴れ、にわかに間近く、陸の人家らしい灯が沢山見えて来た。

一五秒のフラッシュ。調べるとマウイの灯台だ。よく見ろ。ナビゲーターのいった通り、マウイの沖なのだ。すぐにもジャイブだ。

ところが、起き出して来たフォスターが、それを眺め、最初はココヘッドの灯台だという。そんな馬鹿なというと、今度はモロカイのだといい張る。チャートを確かめても、そんな秒数の灯台はマウイしかない。しかしフォスターは頑強にいい張り、ジャイブすべきではない、ここの海は俺の方がよく知っていると主張して止まない。

遂に、僕と岡ちゃんがチャートを叩いて「お前はチャートが読めるのか。読めるなら、この中であの光り方をする灯台が一体どこにあるのか、指してみろ」というと沈黙し、ジャイブの手伝いもせず寝てしまった。

ジャイブしてすぐ、ますます視界が晴れて来、よく見ると、マウイの陸はすぐ間近だ。ジャイブの前、我々の目指していた島の海岸には灯がひとつもない。フォスターのいう通り、モロカイかオアフのつもりでつっ込んでいれば、闇の中で陸と正面衝突を免れなかっただろう。ハワイ諸島は手の筋の如く詳しい、夜は臭いでわかるといったフォスターではあったが、いやはや。矢張り、海では人の嗅覚より、チャートの方があてになるということ。

マウイのハイク沖でジャイブし、北西へ上りモロカイとマウイ間の海峡を目指す。三〇分ほどし、チャートに記された次の灯台が見えて来る。間違いなし、とにかくどうやらハワイには着いたようだ。

ジャイブした頃から風力がまし、海峡の海が湧いて来るのがわかる。向うは名にしおうモロカイチャネル。前回は大層静かな海峡だったが、今度は可成り吹いて荒れそうだ。後で聞くと、〈チタ〉も、モロカイに近づいてからミズンマスト一本ながら、スピードを増してよく走ったそうだ。

フォスターとデヴィッドは寝てしまったが、我々だけで夜を徹する訳にはいかず、原田のガクちゃん、岩田ガンさんを次回のウォッチに廻し、フォスターが起きて来て何といおうと、このコースを保って、またモロカイに向って突っ込んだりしないように念を押す。

「大丈夫、あいつらには舵は持たせません。何いっても聞えんふりします」ガクちゃん。ガクちゃんも、フォスターにバウワークで訳がわからず怒鳴られ、その後の彼の醜態を見て頭に来ている。

とにかく、やっとハワイを見た今だが、日本アメリカ間の紛争はその極に達し、今にも船内で戦争が起きそうな状態だ。殊に、局部的な小ぜり合いは、岡ちゃんフォスター間にかなり激しく行なわれて、下手をすると大戦争になりかねない。外人二人については、裕次郎人事で、当初から僕としては疑問があったが、彼なき後艇長となった僕には、ただ彼らの間をとりなすよりない。しかしともかく、コンテッサ号の反乱が起らなくて結構ではあった。考えてみると、本に書いたり人に話したり出来るようなみっともいい話ではない。しかし、二ユートラルの立場で見ていて、日本側はよく我慢したと思う。ハワイに着いてからも、さらに、不愉快なことがいろいろあったが、それもみんな我慢した。ただ、もう二度とこんなつき合いは御免だ、とはみんながいったが。

時間が来、下りて寝ようとした時、バウにいっていた岡ちゃんが僕を呼んで指さした。今走り込もうとしているモロカイ、マウイ間の海峡に、十八夜の明るい月に照らされて、大きく虹がかかっているのだ。正しく、夜の虹だった。

虹は銀色に煙りながら太くはるかに海峡をまたいで両島にかかっている。その銀のアーチが、かすかに七色を感じさせながら輝いている。

虹は昼間見るよりも、はるかに存在感があった。

激しく揺れながらつっ走る船のバウで、ステイにつかまり身をのり出しながら、僕は茫然とこの非現実な例えようもない美しい景観に眺め入った。虹は見る見る迫り、やがて僕らは荘厳で神秘な虹の橋をくぐり、虹を頭上に仰ぎながら、やがてこれをスターンに見送った。

僕は以前、「夜の虹」という題の小説を書いたことがある。一人の自失した男が、最後の救いを求めて禅に入り、そこで老師から、「夜の闇にかかる虹の色は何か」という考案をさずかる。

男はそれを考え、一人の少女がそれを助け、やがて二人は、夜の虹こそ愛だ、という答を一緒に見出し結ばれる、という筋だが、禅問答の考案ではなし、まさしく夜の虹は、かくも見事に神秘に、現実に存在するのである。矢張り世界は広く、あくまでも未知だ。小説家の想像力の及ばぬものが、数知れずあるということだ。

ステイにつかまりながら、僕はいつまでも憑かれたように、夜の虹を眺めつづけていた。

キャビンに入り、ひと睡りすると胃の痛みで眼が醒めた。コックピットに出、昨夜の残りの茶飯の屑をさらって食う。

岡ちゃんが指す左手に、暁の薄明りの中にモロカイの断崖がそびえてつづき、前方に見覚えあるモロカイの灯台の灯が見える。リクが間違いなく最後の朝食にインスタントのそばを作る。

「これでね、クラス三位なら私ぁ日本へ帰ってでけえ面ですがね」

いうなリク。すでにDクラス艇でもフィニッシュした艇が出て来てる今、勝敗はすでに決った。

暁が船を追いかけるようにして拡がっていく。今までのいつの朝とも違って、今日は殊に雲いきがせわしく、風が強い。船は間違いなく名にし負うモロカイ海峡にかかっているのだ。

夜が明け切るとともに、風はますます強くなった。ポートタックを観音に変えるが、まだコースより上る。この分ではココヘッドの見えた辺りでジャイブだろう。

足早く流れる雲を染めて太陽が昇る。風は吹きに吹き、豪快な陽の出だ。

リクと二人、リクの磨いた鍋の蓋の凸レンズに顔を映してひげをそり、モロカイをバックに記念写真を映す余裕も出て来た。胃は相変らず痛い。船がどうやら間違いなくモロカイ海峡を走っている今、僕としては感無量だ。正直こんな航海はもう二度としたくはない。前回と比べてズタボロのレースだった。

「石原さん。この次、さ来年はどうします」

リクが聞く。

「俺は、もうこりごりというところだな。今度は一つ、みんなを見送ってハワイへ飛び、ゆっくりみんなの分まで、女の子でも探しながら待って迎えるよ」

「そうだろうな。僕は今度見ていて石原さんが、こんなつらそうな航海を見たことがない。僕は一日おきに調子良かったり、悪かったりしましたが、石原さんは一四日間ずうっとでしょう。たまらねえだろうな。僕は今度、あの台所のジンバルさえ直れば、喜んで参加しますがね、あいつがなんたってガンでしたよ」

確かにコックというハードワーカーにとって、かんじんのジンバルが不調で料理の度にケロシンまみれになるのではやり切れまい。

尤もそんなことをいってはいたが、陸に上って五、六日もしたら、僕も本気で次回の対策について考え出したから、カッパはやはりカッパだ。


モロカイ北岸の断崖が終り、東岸のなだらかな茶色の海岸線が見え出し、やがてココヘッドがはっきり見えて来る。

間違いなく航海は後、数時間で終りだ。前回は陸地を眺め、航海の終った感じがなんだか虚しく、もう一度やれといわれれば、このままとんぼ返りのレースをやってもいいくらいの気持だったが、今回は心の底からほっとする。

咋夜あのマウイの灯台を見つけ、陸地の灯を見た時の気持は、ほかの者はどうか知らないが、僕としては全く救われた難破者の気持に近かった。

風はますます強く、風速二〇米を越す。太平洋の巨きさに比べれば、小さな島だが、このハワイ諸島近辺の気象は、陸があるというだけで、他の水域とは著しく違っている。殊に、このモロカイ海峡は、海流のせいでか、風がストリームになって吹き流れているという感じだ。

船は上りに上り、このままだとココヘッドはおろかマカプウを廻って、オアフの北側へいってしまう。そこで海峡の真ん中でジャイブ。

最後の大作業だが、ジャイブの後どんな帆を張るか、フィニッシュの時にはスピンをなんとしてでも張ってと思っていたが、この風では。

しかし、ここまで来たらせめて最後だけでもスピンを張ろう。

「大丈夫かな」案じ顔のジューイさんに「大丈夫、ここならマストを折ってもいいから、せめてフィニッシュだけは見事にやろう」とそそのかす。モーニングコールで、我々のすぐ前方に走る船があるのを知る。暫くし、前方はるかに二隻のヨットが見えて来る。二隻とも強風のためにスピンは張っていない。

「よし、これなら旨くやるとスピンで追いつくぞ」

ジューイさんがはり切る。

強風、高波でのジャイブとスピンワークは大骨だったが、この段になっても外人二人はいくら呼んでも生返事で出て来ない。僕も三度呼んだが、ベッドにもぐったまま完全にふて寝だ。昨夜来、ウォッチもせず（しても舵はとらせなかったが）、一人で騒ぎ、とり乱したいだけとり乱し、その後、ばつが悪くなったかそれとも居直ってふてくさっているのか、ゆり動かして呼び出そうとするリクに「いい、いい、ここまで来て奴らの手をかりなくていい」と岡ちゃんが叫んで止めた。

スピンを張ると殆どの食糧、水を費《つか》い果して軽くなった船は、爪先だつようにしてすごいスピードで走る。

後に、カウアイ島へのクルージングで、同乗した〈チタ〉の吉田艇長、坪井クルーが舵を引き、舵の軽さと正確さに驚いていたが、トランスパック用、極軽量に作られたラップウォースのデザインの真価が、この時の帆走でまざまざと感じられた。

「なあ、これなんだから、夜にスピンを下したままという手は、絶対にないいんだよ」

ジューイさんもいう。

ハワイにおいたままだが、この船を日本へ持ち帰って日本のレースで試してみたい。恐らく予想以上の結果が出ると思うが。


する間にも風はますます強く、船はもの凄いスピードで走りに走る。ココヘッドを通りすぎると、次のポイントが見る見るせまる。しかし、これをかわすには上らないとならぬが、少しでも上ると、スピンはこの強風をはらみ、たちまちブローチングして、危険極まりない。それをだましだましジューイさんが巧みに舵を引く。このあたりで、我がロビンソン・クルーソオ一家は、やっと起き出して来るが、誰もかまっていない。

全員固唾を呑む間に、船はぎりぎりにポイントをかすめる。

そこをすぎると、風はますます強くなる。舵を引くジューイさんの顔は正に必死。見守る全員も手に汗にぎる。船はもの凄く微妙なバランスに、ようやく波に乗って突っ走っているが、クルーの一人がキャビンの中ででも、一寸でも動くと、爪先だった船はとたんにバランスを喪い、スピンが崩れかかる。大波にプレイニングする瞬間、バウの、それもウェザーサイドから、ものすごいしぶきが吹き上げ、そのしぶきが後のコックピットにまで激しくかかる。僕も今まで数多く船にのったが、こんなにダイナミックな帆走は初めてだ。舵を引いているジューイさんにしてもそうだろう。岡ちゃんが、このシーンをカメラに収めようとフィルムをとりにキャビンに入り、そっと綱渡りでもするように動いても、はずみで船はぐらりとする。

「写真なんかとらなくてもいいじゃねえか」

ジューイさんが金切り声で呼ぶ。

スピードメーターがこわれているからわからぬが、目算しても一五ノットは完全に越えている。対地速度を見ても、信じられぬ速さだ。何かの弾みでスピンが崩れこれがまた元に戻る度、もの凄い音をたててスピンが風をはらむ。音だけではなく、このショックが凄い。これが二、三〇回つづけば、確実にマストが折れるだろう。しかし残された距離はあとダイヤモンドヘッドまで数哩だ。

前に見えていた他のレース艇の距離が見る見るつまる。追い抜くには後僅かに距離が足りなかったが、もし後一〇哩あったら完全に抜き返せただろう。

この時のジューイさんのステアリングは、僕の今まで見た限り、最もダイナミックで見事なものだった。技術だけではああは出来ぬし、また度胸だけでも出来ることではあるまい。

「俺みたいに少しお目出たい方が、ああいう時にいいんだ」とジューイさんは冗談にいっていたが、しかし、あの時ほど、彼の真剣な顔を見たことがない。

この間、前方左手沖合いに三本マストの大きな帆船を見る。ラジオで聞いていた日本の練習船〈日本丸〉だ。〈日本丸〉も、この強風の下で帆を殆ど降し、僅か数枚の帆でゆっくり東へ向って流している。

恐らく甲板の上から我々のフィニッシュを、そしてジューイさんの見事なステアリングを見ているだろうと思ったが、後にカウアイ島の港で、停泊中の同船を訪問したとき、教官や練習生が、矢張り我々のフィニッシュを眺めたといっていた。

「あれで船位さえよければ、最高に格好よかったんだけどな」とジューイさん。

やがてダイヤモンドヘッドがせまり、フィニッシュラインの灯台と、沖のブイが見えて来る。

フィニッシュラインはブイから沖合い一哩《マイル》となっているが、ヨットは一寸でも上ると、スピンが凄いブローチングをするので、滅多に上れない。航路は、どんどんブイから沖へ外れていく。しかし目測して、なんとか一哩以内に入るだろうと思うが、伴走する審判艇から「ラインはブイから一哩以内」と何度も念のための通告がある。

それを受けたデヴィッドが、フォスターに向い、伯父貴の命を受けてか、岡ちゃんに何度も「一哩以内に入らないと、フィニッシュのやり直しになるそうだ」という。

「大丈夫、一哩に入る」といってもまた同じことを何度もくり返される内、こちらも段々自信が無くなり、大丈夫と思うが、「アメリカ人の一哩の測り方が違うかも知らんからな」といい訳しながらスピンを遂に下した。

遂にフィニッシュ。

前回よりは丸一日早かったが、ゴルフの冗談ではないが、スコアのグロスの割には内容は甚だ悪い。

マウイの灯を見つけ、朝モロカイを見た時に感じたほっとした気分が、フィニッシュしてみると、急に苦く深い慙愧となる。

フィニッシュ直後、また癪にさわったのは、その時になってのこのこ出て来たフォスターが、フィニッシュラインのブイを眺めて、肩をすくめ「一体どうしてあんなに早くスピンを

◉トランスパックレースは、ロスを出航してハワイまでの太平洋を走る。過酷なレースゆえコンテッサⅢは多くの感動物語を生んだ。

下したのだ」と、岡ちゃんに聞こえぬところで僕に訊ねた。こちらは頭へ来、岡ちゃんに、フォスターがこんなことをいってるぞ、と怒鳴った後、もう誰も口を利かなかった。

弟と友人のハーブ・中林を乗せた、上田さんのモーターボートが大波を蹴たてて近づき、弟が乗り込みパイン、冷えたビール、すしを放り込む。

「どこへいってたの、遅いねえ」

とハーブ。

「全く、俺は一生にこんなに頭に来たことはねえよ」と、弟。

こちらも、つらいつらい航海だった。

ヘッドの沖合い近くで、帆を下し、タッグボートに曳かれて、アラワイヨットクラブに入る。前回にまして、歓迎陣がもの凄い。前回と違って、税関のインスペクションも早く、たちまち、すし、ビール、レイ、パイン、マイタイの雨だ。一〇分前についた、隣のレース艇のクルーがやって来、俺たちは一向にもてないのに、なんでお前らこんなに騒がれるんだ、とぼやくことしきりだ。

いざ船が桟橋に舫われたとたん、多分そうだろうと思っていた通り、胃の方はマイタイを何杯のんでもびくともせず、全く現金なくらいだ。我ながら人間の神経の微妙さに驚かされる。ちなみに、ホテルへ入って、洗面所の大鏡で見直して見たら、頰はげっそりとやせ、目方は八キロ減っていた。

放送局がやって来、新聞社が来、歓迎の人波はひっきりなしで、船上のパーティーはいつ果てるともつかない。

〈チタ〉のこともしきりに聞かれるが、こちらとしては、ただ案じるよりない。ともかく〈チタ〉の完全なディスマストといい、〈コンテッサ〉の裕次郎の救急といい、ナビゲーショントラブルといい、ましてログの誤差ぬきで出した船位が、一時は全艇中六位だったりして、日本エントリィとしては、話題甚だ豊富であったということか。


迎えに来ていた小生の現地のガールフレンドは、明日着くというので、あなたにいわれた通り、他のクルーのためのガールフレンドを動員し、さし入れを沢山用意し、ハーバーまで来たが、その度船は入って来ず、同じことを四度くり返しているうちに、他の友だちはみんな怒って来なくなり、とうとう私一人になってしまったとつむじを曲げていた。

リクやガクちゃんは早速、歓迎陣の中から目ぼしい美人を見つけて、これからの休日のためにコネをつけている。極めてマメでタフである。驚いたのは船上パーティーがますます混み合い、そのうちに人が乗り切れず、栈橋に移って、用事で船に戻って見たら、バウのバースの上で、パーティーにまぎれ込んだ若い二人づれの二組が他人の酒をがぶがぶ飲みながら、場所と時もあろうに、濃厚なペッティングをしている。場所がハワイ、ということかも知れないが、これにはいささか驚いた。その後も、フォスターの許可をもらったなどという、若い男女が夜どうやってか船の中にとぐろを巻いていて、朝行ってみたら、バースに女のパンティやストッキングが残っていたりし、憤慨に耐えない事件も二、三度あった。

一時は〈チタ〉を案じて、水も食糧も足りなかろうから、船を出して途中まで迎えにいこうか、と相談したりしたが、その後、無線電話で詳しく話し、どうやら大丈夫ということで、レース艇の最後の〈チタ〉の入港を心待ちした。

結局、一七日かかって、昼すぎ、〈チタ〉はようやくダイヤモンドヘッドのフィニッシュラインを横切った。最初、午後三時頃になるだろうという報が、モロカイ近辺の強風にのって、船足がのび、こちらも一時に船を出して、ダイヤモンドヘッド沖まで出迎えるつもりが、バッテリーの故障で時間を食っている内それも間に合わず、ハーバーにいる間に〈チタ〉のフィニッシュが放送された。

二、三〇分して〈チタ〉の姿がハーバーの沖に見えて来、マストに上った裕次郎やリクが、「来た来た。本当にマストは根元からすっぱり無くなっている」と叫ぶ。

やがて、左手のピア先端のガソリンスタンドの建物の蔭から、タッグボートに抱かれた

〈チタ〉の姿が見えて来た。

他の船も同じようにタッグボートに繋がれるのだが、〈チタ〉の場合は船も小さく且つ、ミズンマストをメインに替えた姿は、傷つき果てた子供が、親に助けられ、びっこを曳きずり、やっと戻って来た、という感じだ。

〈チタ〉の姿がハーバーから見えた途端、ハーバーにあるトランスパックヘッドコーターからのアナウンスが、「〈チタ〉がただ今入港しました。拍手をもって迎えましょう。〈チタ〉には特に、ファーストホーマー〈タイカンデロガ〉の横の、一番ピットが与えられます」と放送し、港中から一斉の拍手と、クラクションの響きが湧き上る。

税関の検査前の乗船にヘッドコーターにボーディングタグカードをもらいにいくと、今放送をしていた中年の何とかいう愛想のいい小母ちゃんが、カードを作りながら、

「Oh, welcome Chita I'm exiting!」

と一人で興奮しているのが、印象的だった。

大きな〈タイカンデロガ〉の横に舫いをとった〈チタ〉に改めて拍手が起り、一緒にいたリクが拍手しながら、

「ビリで入って来るのも悪いもんじゃないすね」と歎《たん》じていた。

出る前、曾我ナビゲーターが、どこかでの集まりで、

「〈コンテッサ〉より新しく出来た船だから、〈コンテッサ〉より早いのが当り前でしょう。ですから、〈コンテッサ〉だけには負けられない。絶対に負けませんよ」

と馬鹿にははっきり自信一杯に面と向っていうのを聞きながら、ジューイさんとも顔を見合わせ、敵愾心《てきがいしん》という訳ではないが「よしそれなら〈チタ〉だけには負けられないぞ」などと一時は思ったことだが、事情のよくわからぬ時は、生命も危いのではないかなどと思った僚友がこうして、傷つきながらともかくも無事で戻ったのを見ると、胸が一杯だった。

あの瞬間の気持は、矢張り、一緒にあの広い海を競争して走った人間でないとわかるまい。それは矢張り一つの深く強い海の共感というものだろう。


陽焼けし、ひげだらけの、どれも小柄のクルーは、歓迎陣に腰低くにこにこして、なんだか、悪戯がすぎて大人に心配させた後の子供みたいに、はにかんで見えた。

ハワイに良友悪友がごろごろいて、入港と同時、いささかワイルドなパーティーの大騒ぎとなった〈コンテッサ〉とは大分違った印象で、いわば、大変日本的でもあった。

冷やしたビール、それに、電話で聞いていて、クルーが一番食べたいというアイスクリームをかかえて飛び込んだ僕に、吉田艇長が握手するなりいった言葉は、吉田君自身すら忘れているかも知れないが、

「石原さん、あなたのいう通りです。トランスパックには、矢っ張り日本製は通用しませんね。今度は全く腹がたった」だった。

僕はそれを決していいすぎだとは思わない。井の中の蛙の日本のヨット業者のために、海へ出たヨットマンがどんな目に合わされ、どんなに泣かされているかは、矢張り外に出て、他と比べて見なくてはわからない。何度もいうが、それは技術の相異とは全く別種の問題である。

迷惑をこうむり、危険にさらされているのは、外国の海のレースに出た人間だけではない。我々は現実に日本のそこら中の海で、こういう目に合わされるのだが、ただ、それを常識と思わせられているだけである。

そうした問題についての、ユーザーとしてのクレイムは、吉田君が後に綴る文章に詳しく記すだろう。

僕が彼に希むことは、そうした問題について、歯にもの着せずに発言した方がいい。命を託すマストが折れ、スピンがすぐに千切れ、日本製の製品が役にたたぬとわかった時の怒りを、そのままに話すということだ。それが誰しものためにもなる筈である。

僕は嘗《かつ》て学生をつれて南米をトラックとスクーターで旅行し、南米という地理的状況の中では、日本の製品がいかに役たたず、ひどい目に合ったかをそのまま書いた。メーカーの宣伝部はそれを読んで怒ったが、しかし技術者はその報告を元に製品を改良し、製品は進歩し、その製品は、今は彼の地のマーケットでももてはやされている。そうした苦言が無ければパンパスを無事故で走り切るスクーターも生れない。そのメーカーは僕らの旅行のいわばスポンサーだったが、ヨットの場合、我々は正当な料金を払っている客なのだ。役にたたぬものはたたぬと知らしてやるのが正義である。それを感情的などといって、開き直る業者がいたとしたら正気の沙汰ではない。そんな製作者の製品には進歩はあるまい。

ロイアルハワイアンでのトロフィディナーで、〈チタ〉はいわば敢闘賞ということで、異例に授賞された。この賞の名授与者として、コミッティはわざわざ在ホノルルの総領事を名指し依頼したが、一度引き受けておきながら、日本の田舎者の外交官は、どこぞの代議士か何かが急にやって来て、その招待でか欠席し、到頭《とうとう》やって来ず、吉田君は壇上で、空手で長いこと待たされ、結局、コミッティの一人が代りに手渡した。

日本の下っ端外交官の根性の情け無さ。田舎者性、社交への無知に一番腹がたつのはこういう時だ。

前回も、頼みもせぬのに、民間の歓迎陣をさし押え領事館でホストをしてくれたのはいいが、そのため、民間の人達は仲を断たれて、我々もろくに交歓も出来なかった。挙句、大した歓待でもないのに、恩着せがましく姿も見せぬ総領事に、礼の挨拶にいってくれという秘書に、僕が人前ではっきり「礼をいいに来るべきなのは総領事の方じゃないのかね。勿論、あなた方には充分お礼は申しますがね」というと相手は顔色を変えたが、今時の外交官は、自分の職掌に何か勘違いしているのではないか。

これが、こちらが知り合いの外務大臣なり、事務次官に電報の一つでも打ってもらえば、迷惑なほどのサービスもするが、ヨット旅行にそんな野暮は要らないだろう、と思っていると〈チタ〉の場合のように、他人のことで腹のたつ事件が起きる。

今から外務省の青白い官補か三等書記官にヨットでもみっちり叩き込む必要がある。

レース後、もう一つ腹がたったのは、フォスターが現地の新聞や友人にいい加減なことを話して、全く自分一人いい子になったこと。コースがジグザグだったとか、練習が足りない、などと人のことがいえるほどのヨット乗りかどうか、頭を冷やして考え直したらいい。

レースの終った後、コースに関してふり返ってみると、我々のとったコースは大体ラムラインに添った、他艇の多くが走ったと同じノーマルなコースで、前回と比べて距離としてははるかに短い。

このコースで、我々が距離の上で確実にロスしたのは、最終日にかけて、その前々夜、ポラレスがとれず緯度が出せずにマウイまで南下しすぎた、大よそ二〇哩だけである。

但し、そうしたノーマルコースを走りながら、一日近く遅れたということは、それ以外のロス、即ち、スピンワーク、他のデッキワーク等で費した時間に他ならない。

練習が足りないのはわかっているが、それをフォスターから頭ごなしにのたまわれることはない。

これは他のクルーの名誉のためにいうことだが。

一番下劣なのは、コミッティボートの連中も感心していたという、フィニッシュ直前のあの華麗豪快なスピンのステアリングをいつの間にか自分のやったことにして「自分が苦心して、日本人全員を安全にフィニッシュさせた」とはどういうことか。流石これは新聞記事にはならなかったが、パーティーでフォスターの女房が「うちの亭主が――」と方々で自慢していたのを、いきさつを聞いてよく知っている僕のガールフレンドが聞いて報告してくれたので、他の所で女房殿の後に立って聞いていると、している話がそういうことでいささか驚いた。


トロフィディナーが終った時、吉田艇長は興奮した口調で、

「僕ら、もう一度必ずやります。この次は無理だから、この次の次。全員がトランスパック病にかかって、航海中、六人で誓いをたてました」

といっていたが、その気持や大いにわかる。

〈コンテッサ〉グループとしても、三度目の正直ということで、次回にはすべての面目をかけて（小生はナビゲーターとしての）挑戦するつもりでいる。

確かに初回には初回らしいつまずきがあったが、二度目の'65は、なんとも腹だたしい、無意味といってはいい過ぎだろうが、慙愧に耐えぬ経験の連続だった。

〈チタ〉とは違って、我々のトラブルのすべては、人的要因によるものであり、それを引き起したのは、要するに計画の杜撰さに他なるまい。

そして、その杜撰とは、結局。二度目、ということから来た、太平洋を甘く見た態度に依るものに他ならない。

来る六七年には、大いなる反省を基に、三度目の正直を狙った挑戦を行なうべく、すでにチームメンバーも予定を組み、〈コンテッサ二世〉を使って練習を開始した。

全く〈チタ〉の吉田君ではないが、トランスパック病という亜熱帯性の熱病は時経るとともに、ますます重症となっていく。これを治す術はたった一つ、またあの藍碧の海へ、新しい希望で出かけていくことだけしかないのだ。

カウアイ島の休日

トランスパックレースも、トロフィディナーで打ち上げとなり、残された休日をいかに過すかになったが、恒例の、トランスパックの強豪を集めて行なう、ローカルレースのカウアイレースも、日取りが月末近い二十五日で間がありすぎ、クルーの帰国の予定もあるので、オアフを出てどこか他の島へクルージングにいこうと衆議一決した。

岡ちゃん、ガンちゃんが休みが切れて帰国した後、我々兄弟、ジューイさん、ガクちゃん、リク、それにホノルルで邂逅《かいこう》した、油壺にあった〈珠光〉のオーナーだった山脇君を加え、更にどうせ大した距離じゃないのだから、定員オーバーもかまうまいと、〈チタ〉に誘いをかけ、〈チタ〉から吉田、坪井それに日本からかけつけた大橋の三君と、彼らの友人という、アメリカに長いことといる何とかいう、日本語の少し危くなった、その割に英語の下手なカメラマンが乗り込むことになった。

当初はマウイ島へいく筈だったが、女友達の一人がどうせいくなら絶対にカウアイにしろ、カウアイ島は全島これ、オアフに於けるタンタロスレインのようなものだ、というに及んで、目的地をカウアイ島に変えた。

ちなみにタンタロスレインとは、パールハーバーを一望するピイクに通じるドライブレインで、途中鬱そうとした密林があり、本道のすぐ横に野生のジンジャーの花が咲き乱れ、度々シャワーがすぎ、その度に密林の中に虹のかかるといった素晴しいラバースレインだ。〈コンテッサ〉のクルーは、それぞれこの辺を愛用した筈であって、そういわれればまだ見ぬカウアイ島についてもピンと来る。

ジューイさんも、リクも、ガクちゃんも、小生も、それぞれ少しオアフを離れたい訳もあってみんなこのクルージングには気が勇んだ。

その内、出港の前日、小生のガールフレンドが、カウアイ島へいくなら私も後から飛行機でいきたいなどといい出して憮然とし、再びマウイ島に変更を考えたが、カウアイ島での所在を確かにしなければいいということで、カウアイ行きに決めた。

クルー全員がオアフを離れたいというのは、ハワイアンホスピタリティにいささか食傷気味で、ジューイさんは前回から二年越しの数人の女友達、ガクちゃんは、三世のミス桜、リクはワイキキでものにしたハオレ（白人）のタイピスト、小生は「ビオン・ザ・リーフ」の女主人公と、いささかもて余し気味。

ジューイさんにしろ、ガク、リクにしろ、いかに他国とはいえ、相手にいい加減なホラを吹いて調子のいいことをいいすぎ、その収拾がつかなくなって、いわば夜逃げである。

ジューイさんなど、

「ヤバイヤバイ、俺は下手をすると女の亭主にピストルで射たれる」など、ちとオーバーだが、彼女たちのどのアパートからも行方をくらまし、前夜は我々のアパートホテルの台所の椅子で寝ている始末。

ガクちゃんは、

「どうも、三世になると、なんや油っこくてかなわんわ」という具合。

リクはリクで、ミスタースズキが、いつの間にか、かのワールドフェイマウスなスズキモーターサイクルの社長の一人息子、ということになってしまって、相手は全然本気である。

大体、名前がスズキだから、

「あなたはスズキモーターサイクルと関係があるのか」などと相手が聞いたりするのがいけない。そこでつい、「オー、イエス」ということになってしまう。

リクなどは、その孤独なタイピストの愛から逃れるために、とうとう父親である、スズキモーターサイクルの社長を、かねがね体が悪かったところ遂に死亡せしめ、そのために急遽帰国ということになったそうだ。

そういって、他の相手とハワイ島へいってまたオアフに帰る前、知り合いの二世に頼んで、国際電話などと称して電話を市内から彼女のオフィスにかけ、「お前のためにまた帰って来た。しかしパリにいく途中だから余り長居は出来ないが、二、三日逢おう」などとは図々しい。

女の方は、親父が死んだのによくすぐ帰って来てくれた、しかし、それにしても一体何しにパリにいくのか、と怪訝だったそうである。

ともかく、各員そういう事情で、思いたったら一刻も早く出かけようということになった。

出発は夜九時。カウアイ島まで約八〇哩。追手だし、翌日の午後には着くだろう。最初の目的地は、ガイドブックで見ると、カウアイ島中最良の港といわれるウェイである。

出発準備の午後、「ボイス・オブ・トランスパック」といわれる、〈デクスター〉のクラレンス無線士が弟を訪ねて遊びに来た。〈デクスター〉に乗っている間にすっかり友だちになった仲だ。この男、何より日本酒が好物。一緒に、ダイヤモンドヘッド沖までセイリングに出かけた時も、モロカイチャネルから流れ込む潮波に向って、真上りでピッチングする船のキャビンの中で、一人燗《かん》をつけた日本酒をちびちびやっていた豪のものだ。

気さくな、実にいい男だが、彼も来年には引退して船を下りる。〈デクスター〉は翌々日出港するし、もうお前たちともラジオテレフォンで話し合うことは出来まいから、最後の挨拶に来たという。

トランスパック名物の一つ、クラレンスの名調子も今年限りかと思うと寂しい。贈りものに日本酒でも、と思ったがあいにく船にストックが無い。残念だが、というと、「いいよ、そこらのスーパーマーケットでマサムネを買うから」、と馴れたものだ。

全員が握手して別れたが、海の男の別れというものはえもいえない感傷がある。引退後は、リノの方へ帰ってレストランをやるとか。

「テンナア、ナイナア、エイタハツ」と秒を読むあの名調子ともこれでお別れだ。

夜九時、ほぼ予定通り出港。

アラワイヨットハーバーの出口は、出る時はともかくも、夜入るのは、陸の数多い灯にまぎれて誘導灯が見つけにくく、まず不可能だ。リーフを掘って作った細い水路、一歩外れれば、すぐ岩礁。出港にもなかなか神経を使う。

幸いこの水路は、年中ホノルルに来ている弟が詳しい。彼をパイロットにして、機走で真直ぐに沖へ出、充分に陸を離してから西に向って帆走にうつる。潮があるのか、なかなかホノルルの灯が後へ過ぎていかない。する内、今度は潮に乗ったのか、灯を眺めるだけでも急に対地速度が出て来る。

十一時、オアフ西端のポイントをかわし、オアフ、カウアイの海峡に出る。夜だけに風は余りない。船は五～六ノットでコースを進んでいる。ウォッチを決め、交替に寝る。

朝、引き綱を流すが、一向に食わず。日本では犬も食わないシイラが、コチラではマヒマヒと称して最高の美味だそうで、沢山釣れたら売ってドルをかせぐかなどといっているが、獲りつくされた訳でもあるまいがシイラも姿を見せない
する内、十時近く、前方に鳥影を見る。カウアイ島にしては少し早いが、しかしカウアイ島しかある筈もない。吉田君が、夜潮にのったのか、大分早いスピードで走っていたようだという。まぎれもない、カウアイ島だ。

途中で、いきなりハナレイベイへ入ろうか、という案も出たが、以前一度来たことのある〈珠光〉の山脇君が、足がかりとしては観光ルートの真ん中にあるウェイへ一度入って、その日のうちに、島の西半島を見たほうがいいというので、一応最良のアンカレッジという島の南東面にあるウェイを目指す。

島はぐんぐん近づいて来、やがて、海の色が、濃い青から緑がかった不透明な色に変って来る。貿易風の吹きつける東岸なのに、こんなに水がにごっているのは不思議だ。

さて、その問題のウェイだが、チャートで見ると歴然だが、水の上から眺めるとどうもよ

くわからない。

前方左手に、容貌怪異な岩山が見え、断崖が東北に落ち込んでいるが、よもやあんなところではあるまい、もっと北だ、と目あての灯台を探しながら少し上るが、灯台もチャートに描かれた通り幾つかあるが、昼間だけに、どれがどれなのかよくわからない。

多分あれだろう、ということで、リーフもないことだし、海岸線一〇〇米近くまで近づけて見ると、目指していた港とはどうも違う。港ではなく、ウェイよりも北方の河口のようだ。

その時、ホノルルから飛んで来た飛行機が、例の岩山をかすめてすーっと着陸していった。そしてまた間もなく、別の飛行機が同じ辺りから飛び立って来るのが見えた。

「飛行場があの辺りだとすると」と、
眺めた土地鑑とチャートがやっと符合し、不気味な絶壁の岩山に向って思い切り近づいた。間近に寄って見ると果せるかな、チャート通りの形で断崖の下が切れて開いている。間違いない、とは思うが、沖から初めて入っていくには、一寸勇気のいる入江の外岸の印象だ。

セールを下し、機走で入る。入ってみると中は意外に広い。入ってすぐ前方に外洋のうねりがそのまま大きい波となって打ち上げる砂浜があり、建ったばかりの新しいホテルが見える。

波からみてここは泊地《はくち》としては不適当。それを右に見て左転し、防波堤に添って入ると、なるほど波静かな、いかなる風向きも強いといわれる、ウェイの港に入った。

真正面の倉庫前のピアにシュガーボートが一隻停泊し、入って右手の白い木造桟橋には〈コンテッサ〉とほぼ同じ大きさの、古いケッチが一杯舫《もや》われている。

港の中、桟橋にも人影はない。

ただ、ヨットの舫われた桟橋の根元にある屋根に、なんとかクラブと書かれたバンガロー風の建物の中から、何人かの男がビールを飲みながらこちらを眺めている。錨を投げ込み、ケッチに並んで、舫いをとる。

船が着いても誰も来ない。全くひっそり閑とした、およそ観光地の港という感じはない。

支那料理屋だったクラブで電話を借り、島にいる山脇君の友人に車で来てもらい、レンタカーを借りに飛行場へいく。

途中、島最大のウェイ町を通る。期待に反して、閑散としたものだ。裕次郎、ジューイさん、ガク、リクなどという連中は、ホノルルを逃げ出したいきさつにもこりず、カウアイ島はカウアイ島でまたハッスルしようと張り切っているが、この分ではいくべきところも無さそうだ。クラブで確かめたが、さっき入って来る時に見た新しいホテルはまだ未完成で、客室が足りず満員だそうだ。

可愛らしい、いかにも南国の島らしい飛行場の前で、フォードのステイションワゴンを借りる。これなら一人定員オーバーだが、一〇人一度に乗れそうだ。

鈴鹿サーキットではフェアレディに乗って活躍した、半専門家の山脇君がドライバー兼ガイドで、クラブでビールを飲んでいた全員を満載する。

出発前、ヨット来るの報せでチェックに来た二世の警官に島の観光ルートを訊ねるが、何故か向うの方がはにかんで、親切に教えてくれた。最後に、君は日本人か、と訊くと、どぎまぎしながら頬を赤め、「イエス」といった。

少し遠いのではないか、といわれたが、ともかく島の見ものの一つであるカウアイ島のグランドキャニヨンなるものを見物に突っ走る。しかし島というが、矢張りでかい。鈴鹿のヒーローが物凄い勢いで車を馳《はせ》り、約一時間、海岸線を走り、更に約三〇分、うねうねした山道を上りに上って渓谷の展望台にたどり着く。陽が傾きかけ、山の影がかかって、渓谷の明暗がはっきりし、なかなか美しいが、しかし、矢張り、あの貿易風の吹きそめる南太平洋の巨きさ、美しさにはおよばない。

「なあ、名所なんて、こんなもんなんだよ。だからどっかのバーで一杯やってればよかったんだ」

観光嫌いの裕次郎はいう。しかし町へ帰っても、そんなバーなどどこにあるものか。

展望台の高度が高くて寒いくらいだ。帰りかけた頃、日系人の車で日本の海洋練習生がやって来る。聞くと〈日本丸〉が、ウェイの隣の港に着いているという。

山を馳け下り、砂糖キビ畑をつっ走り、日没前、ハイウェイから横に折れて、隣の港に着く。

岸壁に堂々たる〈日本丸〉が横着けされ、日系人の訪問客もちらほら見える。

我々のいでたちたるや、海水パンツあり、麦ワラ帽あり、裸足ありで凄いものだが、とにかく敬意を表しに上船した。

大歓迎。船内を見学し、サイダーを御馳走になる。

「私もね、これくらいの船なら、船酔いもせず、毎日喜んで飯をつくりますよ」とリク。

出迎えたチョッサーとセコンドメイトが矢張り、あの日、船から我々のゴールインを眺めていたという。

「どーです。格好よかったでしょう。スピンをぼーんと張って」ジューイさんが胸を張るが、レースの順位は聞いてくれるな。

元気な裕次郎を見、無線電話で聞いて全員心配していたが、「矢っ張り誤診ですか」の声に、ジューイさんがまた憤然とし「いやいや、あれは盲腸。間違いなし。僕のお灸があったから、あれですんで助かった」としきりだ。

夕映えの中に、美しいシルエットで浮ぶ〈日本丸〉を後に、ウェイへ帰る。

船にバンクが足りず、余ったもののためにホテルを探し、個人邸宅をホテルに改造した感じのいい、極めて安いホテルを見つけ、部屋を決めた。独立した部屋、シャワーつきで、一人四ドルはまあ安い。

「飯は大したものは出せないが、欲しいものがあったら、そこの大冷蔵庫から勝手に出して飲んでくれ。庭にはアンズとパパイヤがなっている」と主人。

なるほど、庭では熟れて木から落ちた果物が、そこら中に転がっていた。

町をひと廻りし、何もないのを知った裕次郎、ジューイ、リクたちは、口々に「いや、これにはまいった。なんだい、日暮里に来たよりもまだひでえや」などという。

確かに東京の日暮里には、バーもキャバレーもあるだろうが、ここまで来て何もそんなものを期待しなくてもいいだろうに。

町で聞くと、港にあった支那料理屋が町で一番美味且つ、高級なレストランであり、社交場だそうで、港へ戻る。

見ると桟橋一杯に人が並び、みんな細い釣竿で何やら釣っている。ヨットの舫われた桟橋だけでなく、シュガーボートの泊った岸壁にも一杯の人だ。

子供と一緒にいた二世の小母さんに訊くとビヨビヨという小魚を釣っているそうな。バケツを覗くと三、四寸の、赤い、ギラギラした、眼の玉の大きな、気味の悪い魚だ。

何年かに一度、大挙して押し寄せて来るのだそうで、この魚が釣れると何か変ったこと、それも余りよくないことがあるという。いわば凶魚か。

「なるほど確かになあ。それで〈コンテッサ〉がトラブり、チタがマストを折った訳だ」とガクちゃん。魚のせいにすれば気は楽だが。

そのビヨビヨを釣って食べるのか、と聞くと、別に食いもしない、ただ釣れるから釣るのだ、と。それにしても、町中の人間が港へ出て来て、食いものにもならぬ魚を一生懸命釣るとは、矢張り田舎で、他にすることもないのだろう。

栈橋のレストランの支那料理はなかなか美味かった。このクラブの女将は無愛想だが親切で、翌日の出港時、氷を買いにいくと、ただで袋一杯の氷をわけてくれ、黙って熟れたパイナップルを三つも渡してくれた。東洋人の共感か。

裕次郎、ジューイさん、ガク、リクたちはそれでも何かあろうと、食後、町を徘徊しに出ていったが、僕は先に帰り宿で寝る。

夜半、がやがや声がし、上段の裕次郎たちが、「ひでえ、ひでえ」とかいいながら、階段を上っていった。

翌日聞くと、結局、また元のレストランに戻り、そこで観光に来ていたホノルルの色気狂いみたいな二世の小母さんにつかまってひどい目にあったとか。

翌日、午前十一時、〈コンテッサ〉はウェイの港を出港、北岸にあるハナレイベイに向う。僕と山脇君の二人が車でハナレイベイに先行し、ホテルをリザーヴし、設営に当る。ウェイの町を出、途中のゴルフクラブのクラブハウスでお茶を飲み、海を眺めると、上りのコースに、ワンタックで北東のポイントをかわす辺りまで機走で出た〈コンテッサ〉が、ようやく帆を上げ帆走に移るのが見える。

真っ青な空と海。渡り来る貿易風、無数に砕けるホワイトトップ。その中にたった一隻白く帆を張って走っていくヨットの姿はなんとも美しい。

ヨットというのは乗っているのも楽しいが、離れて眺めるのもまた楽しく美しく、実にいいものだ。船と人一体というが、一種のナルシシズムというべきか。

ハナレイベイにたった一つある、プランテイションホテルに着き、あらかじめ電話してあった部屋をチェックする。丁度、エルビス・プレスリイの出るハワイものの映画のロケーションで昨日まで満員だったが、今日からやっとすいたという。プールではまだ撮影がつづいてい、プレスリイの姿は見えなかったが、脇役の俳優の芝居で、多数の大部屋俳優、女優がプールサイドに散らばり監督の指示を受けている。

ハリウッド映画の大がかりなロケーションを見ると驚くが、これくらいのロケなら日本の映画とやることもそう違わない。白人、有色、混血といろいろな大部屋が散らばっていて、なかなかカラフルで楽しい。リクあたりがいれば早速、例のカタコトで大部屋女優あたりに強引にコネをつけるのだろうが。

撮影のためにプールが使えず、山脇君と二人、水着のまま、ハナレイベイの先にドライブに向う。途中、映画「南太平洋」の撮影をしたといわれる所を通るが、いかにも南太平洋といった風物に満ちていて、美しい。特に、水量の豊富な小川が多く、その川の近くに、水草を食べながら放牧された馬がのんびり遊んでいて、いかにも南国の自然といった感じだ。

車のいきつくところまでいき、断崖下のデッドエンドで折り返す。

一日に何人が来るのか知らないが、こんな田舎の中の田舎でも、道の脇の芝生が島の観光局の手で奇麗にかり込んであって、流石である。

少し引き返し、真っ青な水が、真っ白なサーフサイドを作る人気のない海岸で泳ぐことにして車を下りる。

見ると、海岸の手前の屋根つきのベンチに、眼鏡をかけ顎《あご》ひげを生やした、一寸我々のヨットメイト画家の柏村カストリさんに似た、やせぎすの神経質そうな青年が、横に罐詰を入れたリュックサックを置き、毛布に足をつっこみながら何やら熱心にノートに書きつづけている。

近づいて眺めると、むこうもじろりと見返し、その後、気むずかしげに天を仰いで長歎息。何となく面白そうなので「この海岸に鱶はいないか」と聞くと、

「いないと思う。それより、石が多いから気をつけた方がいい」

「君はそこで何をしているのか」

「書いているのだ」

「ほう、君の職業は」

「作家だ」

と胸を張り、こう然といった。

笑ったら失敬だから、僕の方は大いに感心した顔で引き下った。

なるほど、アメリカもハワイ辺りへ来ると、文学青年の修業も一風変わっている。

しかし、アイディアとしては悪くない。大方あのリュックサックに何日分かの食糧を詰め、ここまでヒッチハイクでやって来て、書いているのだろう。所はカウアイ島。人も滅多に来ないし、野宿しても毛布一枚あれば風邪も引くまい。

山脇君と二人で水に飛び込み、泳ぐ。しかし入江とはいえ波が高く、水際からすぐ深くなり、間近に潮の流れがかなり急だ。

水際から七、八米もいくと背がたたず、大きな魚の影まで見える。人気のないだけにかえ

って無気味だ。波打際でごろごろ引っくり返り、時々、沖へ泳いではまた引き返す。

車へ戻る時、近道して砂丘を越えると、途中に立札があった。眺め直して見れば、「Unsafe for Swimming, SHARK!」（遊泳危険、鱶《ふか》あり）

あの小説家奴！

ホテルに戻る途中の岬の断崖から眺めると、遠くハナレイベイを囲む岬の先端近くに、白い帆が見える。〈コンテッサ〉だ。

真っ青な海。真緑の岬。燃える褐色の砂浜。そうして一点、眼にしみいる純白のヨット。比類ない美しさ。乗ってやって来る奴らに見せてやりたい。

ハナレイベイに車を飛ばす。到着と同時、タイミング良く、〈コンテッサ〉が入って来る。

岬をかわし、帆を下すためにラフし、バウを入江の右手にある大暗礁の方に向ける。

桟橋でこれを眺めていたロッコのビーチボーイが、「ああ、あいつら気が狂った。コーストガードの救急艇を呼ばなけりゃ」とげらげら笑っている。

する間、〈コンテッサ〉は帆を下し、機走で二人の待つ桟橋に向って近づいた。

入江の砂浜に出てわかったが、ホテルから木立の蔭になって見えない辺りに、トランスパックのレース艇がすでに何隻か来ている。〈ウェストワード〉、〈アカマイ〉、〈ハナレイ〉それに他のクルーザーが数隻。

〈ハナレイ〉はここがホームポートらしいが、他の艇は、メインランドへ帰る途中、この美景に敬意を表しにやって来たらしい。

ドラム罐を数本積んで、ここから強力なエンジンの機走で北の無風海域をまっしぐらに一〇日近く突っ走り、北西風をひろって帰るのだ。

帰りの行程は一五、六日というが、エンジンがよほど大きくないと、一〇日ぶっ通しの機走は出来ないだろう。

日の丸を立てて入ってきた〈コンテッサ〉に、附近にいる日本人が寄って来る。ホノルル辺りと違って、土地柄のせいか、みんな控え目でおずおずしている。先に来ている他艇の白人とかなり傍若無人に冗談をいい合っている我々を、他の人種を眺めるようにおずおず見守っているが、そんなのを眺めると、何故か少しいらいらして来る。ブラジル辺りにいる日本人と比べて、矢張りアメリカにいる日系人はどうも肩身が狭いようだ。

小体で美しいプランテイションホテルは、白いホテル本館と、洒落た一戸建てのロッジからなり、ホテルの建った崖の上からケーブルカーで下りると、小川のかなり幅広い川口に出る。橋が無く、そこをテンダーで渡り、ハナレイの砂浜に出るのだが、なかなか情趣があっていい。そのテンダーの船付場の横に、日本人の家族が掘立小屋を建てて住んでいる。かなり大きな庭だが、建っているのはぼろぼろの、土人小屋の如きものだ。親切な家族で、僕と山脇君とはそこでテンダーを借りたが、それにしても、隣りのホテルと、日本人のその小屋の対比には、どうも、同胞としては憂鬱にならざるを得なかった。案外あゝいう日系人は金持なのかも知れないが。

小川があるので、入江の砂浜からホテルへ車でいくのはひどい遠廻りになる。ホテルへのアプローチは、矢張り水からの方がいいが、荷物の都合で、クルーを車で運ぶ。

そこでばったり、江の島ヨットクラブのメンバーでもある〈ハッピー　パッピー〉のオーナー、スティーヴ・パーカーに出会う。スティーヴは、ハリウッドでの打ち合わせの帰り、別荘を建てる予定地を探しに来ているという。思いがけぬ邂逅《かいこう》を喜び合い、ひとしきり、航海の噂に花が咲いた。

リクたちがピクニックに出かけ、帰りが遅れて勢揃いが遅れ、ホテルの夕飯を逃したので、近くの村へ出て飯を食い、帰りがけ、タヒチアンバーで飲む。

トランスパックの他艇のクルー数人、そして、一見もの凄い顔つきの、日中、近くの道を直していたロッコの労働者がギター、バンジョー、ウクレレ、それに、金だらいの底に穴をあけ、そこから絃を通し、モップの棒に結んで作った所謂ハワイアンベースで歌っている。ハワイアンベースは、低音の時は、たらいにつっぱっていた棒の角度を起してゆるめ、高い音は棒を倒して絃を張ってひく。しごく簡単で、リズム感さえあれば誰にでも出来るが、上手なロッコがひくと、実にいい感じで鳴る。

それに、天性音楽家のロッコたちの陽気でさびのきいた歌が実に素晴しい。外交官のリクがすぐに仲間入りし、何か唄えといわれ、日本の流行歌を唄い出す。連中もそれに旨くつける。しかるにこのリクの歌たるや、当人はいいフィーリングのつもりだろうが、怖るべき音痴で、始終音程がずれ、伴奏者も首をかしげる。しかし段々リクペースになって来て、大いに交歓はしたが、専門家（？）の裕次郎にいわせると、

「あれはどうも寒心に耐えぬ歌で、感心出来るのは勇気だけだ」と。

あれでリクにもう少し音感があれば、度胸といい、真にインターナショナルな社交家となれるのだろうが。

その後、新しくやって来たロッコの一人が、ハナレイベイで、お前たち日本のヨットを歓迎のために徹夜のハワイアンパーティーがひらかれているのに、何故いかないのか、という。

驚いて飛んでいってみると、確かに例の小川の側の漁師小屋で、大宴会の真っ最中だ。顔を出した我々に、たちまちビール、ウイスキーの雨。〈ウェストワード〉、〈ハナレイ〉、〈ア

カマイ〉等、トランスパックのクルーも揃い、土地のボスらしい、巨漢のロッコの網元の夫婦が中心になっての大騒ぎだ。

またしてもリクが暴走し、珍妙な歌を次々と披露。しかし、回りが酔っぱらっているからそれも絶妙なものに聞こえるのか、リクは次第にパーティーのヒーローとなり、酔っぱらった四十五、六のハオレ（白人）の小母さんに顔中キスされ、東京に住んでいるという小母さんは、彼をかき抱いて再会を約し、それを横で、酔っぱらったデブの亭主がうらやましそうに眺めている、という一寸したワイルドパーティーとなった。

ちなみに、リクはその後、東京で、それも僕の重役をしている日生劇場の地下のバーで彼女と再会し、しらふで相手を眺め直し、怖くなって逃げ出したそうだ。

パーティーはいつ果てるともつかず、所謂ハワイアンホスピタリティにくたくたとなり、ダウン寸前、ホテルへ帰って寝る。

その後も残った連中は完全に出来上り、暁方《あけがた》ホテルへ帰った山脇君などは、部屋を間違えて入り、そのまま、その部屋のベランダから軽業師の如く、テラス伝いに三つ隣りの僕との相部屋に、窓から戻って来た。途中よく人に気がつかれなかったものだ。見つかったらどんな騒ぎになったか。ちなみに、我々の隣りもその隣りの客も、みんなアメリカ人の夫婦ものであった。

翌日の夜もまた同じパーティーをやるというが、ハワイアンホスピタリティにくたくたになった我々は、その夕刻、錨《いかり》を上げて美しいハナレイベイを後にした。どうもこういうところは、早目に切り上げて出ないと、そのままずるずる何日でも居坐ってしまいそうだ。

これがもう少し未開の島だと、そのまま、酋長の娘に入婿してしまう男も出て来かねまい。南の島というのは、都会の人間にとって水をたたえたオアシスのようなものだ。しかし、長居すればその水も、やがては麻薬となって離れられなくなる。

出ていく〈コンテッサ〉に、ハナレイベイに別荘のある、昨夜のパーティーに同席していた年増のハオレ女たちが、ジンジャーの花をたくわえて泳いでやって来、別れの印しにその花をデッキへ投げこんだ。

それが十七、八の花恥しいネイティブガールならば、あるいは「ビオン・ザ・リーフ」の歌もそのまま現実の物語りになったかも知れないが。それにしても矢張りハワイということであろうか。いずれにしろ、カウアイ島の休日で、我々が味わったものは、船で渡りいく限りどこの世界でも、志の同じな、夢多い仲間がいる、という感慨だった。

アロハ、太平洋、アロハ、カウアイ島。

また来む年の夏ぞ恋しき！

二　太平洋の悪夢——'65トランスパックレース

ALOHA

三　一点鐘

'66サマークルージング

八月第一週の週末、台風十号が本邦東方海上に去り、太平洋高気圧がはり出し、海はようやく夏らしくなって来た。

遠い南の海には今のところ熱低もなく、遠出には安心のおける天候となったようだ。

七月の日曜日、僕がキャプテンをつとめているサッカーチーム湘南サーフライダーズの国体予選の第一戦が急に決まり、土曜夜の出港を試合後の日曜夜に延期しようと思ったが、前夜から久しぶりに逗子の家に来て航海に待機している裕次郎や他のクルーたちのつき上げがしきりで、艇長《キャプテン》も次第に押し切られて来る。

三日前まで山中湖で合宿を行なっていたサーフライダーズとしては、その成果を第一戦に問う訳で、主将《キャプテン》としても参加したいが、相手が相手だし、まあ勝つことに間違いなさそうだ、と遂に陸での主将を放棄し、海の艇長職務に帰る。

航海が長期なので各クルーはそれぞれの分担期日を決め、今夜は見送りだけのものもいる。

機関長の石川は、最近小さいながら一社をかまえ、社長の椅子に坐ったとたん部下が手形でへまをし、月曜日に欠かすことのできぬ急用が出来、油だらけになってエンジンオイルをとり換えた上で、泣きっ面で見送りである。

出港前、断りもなく突然やって来た某週刊誌が同乗したいというのを断り、それならばいき先で待ちたいというので、安良里《あらり》で、と答えるが、これだけは風まかせだ。ヨッテルのチャートで安良里を説明すると、編集子は、「ここですか」と心細い顔をしたが、他人の楽しみに断りなく割り込む相手にまで気は使えない。裕次郎は以前、その雑誌にありもせぬことを書かれたせいで、そっぽを向いている。

夜十一出港。〈マヤ〉の市川艇長やその一連の悪童ども、それに、月曜日夜、長津呂で落ち合う、石川、マリちゃん、久ちゃんたちが、諸磯湾口までモーターボートに分乗して、アローハと見送る。

乗員、石原兄弟、井野、野口、河村、草薙、高久、村木、五十嵐の九人。

湾口の大謀網を大きくかわし、爪木崎目がけてコースを決めるが、先に来てしまった連中は口々に、後から来る奴らには追って来させることにして、真っ直ぐ式根島へいきましょう、としきりにいう。西伊豆もいいが、これは、クルーたちのスケジュールにふり廻されて附加されたコースで、当初は、今夏は伊豆七島を充分に走り廻るという計画だった。

今まで、航海の度に横眼で見てすぎたところ、例えば神津の多幸湾、新島の東側のロングビーチ、また北西岸の、昨年、暴風雨の中を式根から茂平丸で曳航《えいこう》されて帰る時、転覆を懸念した茂平丸の船長が、海岸線まで五〇米の地点で大波の中で接舷し、ヨットから乗員の半分を必死の作業で乗り移らせた、あの絶壁下の人気ない真っ青な海岸（我々は以来コートダジュールと呼んでいる）、あるいは、八丈島の八丈小島、餌なしで釣を投げても尺余の金目鯛のかかる海岸、等々に接岸し、夏の良き一日を過そうというつもりだったが、計画をたて、船や飛行機の便を考え合わせると、どうも下田近辺で後から来るクルーを拾い上げぬと、その後ついに会わず、ということにもなりかねない。そこで、月曜日の夜まで西伊豆で時を過すということになった。

油壺を出て一時間、船は昼間見ればさぞや汚い赤潮、しかし夜は僅か砕けるだけで、船ばたの人間の顔を真っ青に染めるほど強い夜光虫の群の中を走りつづける。コースは爪木崎に引いているが、艇長の胸の中では、思い切って式根直行にするかどうか、依然として迷いつつある。

風力一、あるかないかの北東風。上げたゼノアをすでに下し、メインも一杯につめて走る。二五〇〇回転の機走で五ノットは出ている。すると、機走で感じる風がいかにも実際の風のように感じられて、クルーがしきりにゼノアを上げたがる。

艇のウェイキが見事に夜光虫を散らし、パルピットや水際のハルが青白く光る。二十夜近い月がかかり、風が無くとも、青白く彩られた夜の航海は素晴しい。今年の鳥羽レースにはクルーが揃わずに出場出来なかっただけに、この航海は渇いた喉への水で、こうしていると矢張り陸を逃げ出して来て良かったとしみじみ思う。夜目には赤から神秘の青に変って見える濁潮《にごりしお》も、久しぶりのクルージングにひときわ趣きを添える。

船気狂いながら日頃忙しく滅多に船に乗れぬ裕次郎は久しぶりの海に、一人でうなったきり海を眺め月を仰ぎ、また陸をふり返ってはぐびぐびとブランデイを急ピッチで空ける。この男が大酒を飲むのはリラックスした時で、彼の酒のペースを知る兄貴としてはつき合い切れずすでに警戒ムードだが、当人は何もかも陸地に捨て置いて来て、胸一杯に潮香を吸い月光を満喫しているのだから、矢張りそっとしておいてやるにしくはない。

おふくろや女房がいず、日頃は口うるさい兄貴が黙っているので、裕さんのピッチはますます上り、出港して一時間たらずでもう口を開けたばかりのブランデイが底をつきかけている。

北東風が西にふれ、かすかに風力をまし、ゼノアを上げる。機走しながら、かろうじてセールがつぶれずにいる程度のものだが、井野や、酔っぱらった裕次郎はしきりにエンジンを切って、帆走しようといい出す。機走を止めたらどんなことになるかわかっているから耳をかさぬが、酔いの第一段階でくだまきペースになった裕次郎めはしきりに、エンジンなんぞ切っちまえと怒鳴る。

機走の続行とコースを爪木崎へ保持することを厳命してバースに入るが、うとうとしたと思うと、裕次郎が中を覗き込み、

「兄貴、風が出たぞ、一寸セイリングしようや」

と叫んで起される。

出て見ても風は相変らずで、クルーも相手が相手だけにどう扱っていいかわからず、へいこうし切っているが、この男は一度酔っぱらったら絶対に人のいうことはきかないのがわかっているから、こっちもさじを投げ、ただこの酔っぱらいが第二段階の喧嘩ぐせなど出して凶暴にならないように、いい加減にしてとり合わない。

足元にはもう空になったヘネシイの瓶が転がって、

「お前はもう大分酔っているぞ。もういい加減に寝ろ」

といっても、当人は、

「いいじゃねえか、久しぶりに海へ来ていい気持に酔っぱらってるんだ。かまわずにおいとけよ」

とぬかすのだから、たちが悪い。

その後数度も起され、夜が明け始めてからようやく静かになったと思うと、コックピットで大の字になって気持よさそうにいびきをかいていた。

「お前ら、この航海で、この酔っぱらいにとっつかまって苦労するぞ」

僕がいうと、井野が、

「いいですよ。リク（鈴木）が来たら預けちゃうから」

人扱いの旨いリクの到来をあてにしていったが、そのリクも、式根島では裕次郎にからまれて、ひどい目にあった。

夜が明けたが視界悪く何も見えない。もうそろそろ伊豆が見える頃だといったとたん、霧の向うに山が見えた。高い。爪木にはこんな山がない。みんなはてんでにがやがやいうが、稲取沖らしい。尚近づくにつれ、稲取と判明。寝ている内、どんなコースをとったのか、潮でもあったたか、爪木を目ざしたにしてはひどくリウェイしている。

陽が昇るとにわかに暑い。裕次郎はまともに陽を浴びて寝ている。可哀そうな気もするが下手に起さない方がいいので放っておく。朝とともに風は全く落ち、帆を下し、機走で爪木崎をすぎ、石廊を目指す。

石廊にかかる頃、裕次郎が目を醒ます。朝から六時間余、まともに陽を浴びるままに晒されていた肌は真っ赤。覗けていた腹にも、シャツとズボンの隙間の型通り赤く陽の跡。当人は、「ああいい気持だ、ここはどこだ」と起きるなりハッスル草薙に、眼醒めの水割りを注文するのだから世話はない。

長津呂入港直前、駿河湾方面から下田に向って帰る五島昇さんの〈キテイ号〉と出会う。船長のトキさん、トランスパック仲間の田中ドコドン、スポーツ仲間の大木秘書をしたがえて、五島さんが我々海キチクラブ員同士の挨拶として、ボートフックの先に同乗女性のパンティをつけて振る。こちらは答礼にも、あいにく女の乗り組員無し。〈キテイ〉はフラインクデッキをつけて、すっかり、トローリングボートらしくなっている。

都会での知人に、海の上で出会うというのは楽しいものだ。自ら漁師と称する、充分にその能力のある（五十すぎて素潜りで七米潜れる会社の社長はそういない）東急コンツェルンの五島社長とこうして海で出会うと、公的な立場を越えて、海の仲間としての共感がある。

五島さんもこの数年は、冬も夏も海ばかりで、軽井沢なんぞ阿呆らしくていられない、という。万能スポーツマンだが、この人は矢張り海にいる時が一番よく似合う。それと、一日の仕事が終って最後の面会人が帰った後、東急ホテルの一〇〇一号室でドコドンたちと一杯やりながら海の話をする時がいかにもこの人らしい。一日に三つも四つも会社の重役会に出なくてはならないような人間にとって、海だけが強力な蘇生剤だろう。

十二時半、長津呂入港。給油し、ひと泳ぎ。熱海ランデブー帰りの〈くろしお〉が寄港中。

夏ともなると長津呂も、海水浴の客がかなり多い。ヨットの側で、セパレートの水着を来た一寸ましな女の子が泳ぎ出してすぐ、

「足がつったわあ、泳げない、助けてえ！」

と叫び、河村がすかさず飛び込んで助けて上げる。

その後、つった足のマッサージなどしてやっているのを見て、ハッスル草薙が、

「あれはあの女の手ですよ。河村さん、あの子にひっかけられたんだ」

とうがった見方。あるいはさもあらん。河村も、出港までに彼女と結構いんぎんを通じてしまい、〈くろしお〉のクルーがうらやましそうに眺めていた。

一時半、長津呂出港。途中、余り海の色が奇麗なので、船を流しながら鰹島の沖と、三つ石崎の沖で泳ぐ。底の知れぬ真っ青な大洋の中で、水中眼鏡をつけて潜ると、水中はただただ青く、自分が一匹の魚になったような気がし、なんとも爽快だ。

裕次郎は水の中から、

「ああ、俺は十一日のゴルフのコンパは止めた。馬鹿らしくって山へなんか行けるか」

と早くも自分が主催のゴルフ大会をすっぽかす決心だ。

道草で時間を食い、風もなく、機走での足ののびも知れているので、今日は子浦どまりと決める。安良里までいって待つといってた週刊誌はすっぽかしである。全く、ジャーナリズ

ムのカメラなんかくそくらえだ。

三つ石崎の手前の、大根島の上に一軒家が建ち、人の姿が見える。今まで気がつかなかったが、望遠鏡で眺めると、ポーチのついた、温室に似たガラス窓の多い、洒落た家である。島の周囲は切り立つ断崖。その鞍部に草つきがあり、木も一本立って、一寸コルシカ風の洒落たロケーションだ。

「どんな奴が住んでいるんだろう」

しきりに気になるが、この間、眼鏡を覗いていた井野が、

「ああ、凄い美人の女の子と、せむしの老人が肩を組んでます」

と小説的な報告をする。眼鏡で眺めてわかる距離ではないが、一寸そんな想像の生れてきそうな景色だ。あんなところで、時化の日、恋人と暖炉で薪をたきながら荒れ狂う海を眺めたらどんなに素晴しいだろう。きっと人間嫌いが建てた家に違いない。

「向うでもヨットを眺めながら、いいなあ、っていってますよ」

とハッスル。

妻良子浦《めらこうら》湾入港。妻良へ入る手前の岸に近い干出《かんしゅつ》の岩に舫いをとって、泳ぐ。この妻良子浦の入口の海岸線は西伊豆のアンカレッジの中でも最も素晴しい。みんなよくいくので余り気にせずに過ぎるが、他の北部の入江と比べても抜群である。

奇岩烈々とした間に、カプリの青い洞窟のようなほら穴や、二人だけしか立てないような超トランジスター砂浜などあり、「プレイボーイ」誌あたりのボーイミートガール式のフォトストーリイの舞台には絶好である。素晴しき恋人がいて、セルフタイマーがあったら、渚で抱き合う我が姿など撮したいところだが。

水中眼鏡をつけて潜った裕次郎は、足下に大きなアイナメ、チンチン、ベラ、タカッパなどを見つけて興奮し、船に銛をとりに帰るが、あいにく積み忘れて無く口惜しまぎれに、長いドライバーを持って潜り直したが、彼がいかに名手でも、ドライバーに刺されるような魚は日本の海にはいまい。

久しぶりの海、それも水あくまで澄み、見事な海岸線に囲まれ、満足し切った裕次郎は一人で倦《あ》きずに泳ぎ廻っている。兄貴としても、そんな弟を見るのは嬉しい気持で、これだけでも来た甲斐があったような気がする。

夕方、子浦に接岸、一昨年から見知りの旅館で風呂を浴び夕食をとって船に戻る。村は盛夏だけに大変な人出でうるさく、明日朝の出港のためにも、さっき船をとめたところに泊ろうと、テンダーの先導で月の出る前の暗い海を、先刻の舫いどりした岩を探して出港したが矢張り夜目というのは当てにならず、大分探したが見当らない。その内、テンダーが岸よりかなり離れたところで、水に潜った岩にのし上げ、怖しくなって引き上げた。後で考えると、あれが満潮で水に没したさっきの干出だったようだが、見知らぬ海でこんな危い真似も、無風の夏の夜だから出来ることだろう。

岸はうるさくアブが多いので、妻良子浦間の沖合いに投錨、ふり廻しにして眠る。今航海のうち、この夜が、一番船に寝て涼しかった。

翌日、村木、五十嵐がテンダーで銛を見つけにいっている間に、自宅への電話連絡でいく先を確かめたフジテレビ「スター千一夜」の取材組がボートでやって来る。波勝から岩地雲見へ廻航の予定と告げ、こちらは約束ずみだから、取材に協力を約す。

村木が見つけて戻った銛で、裕次郎は早速水に潜ってもう船へは戻って来ない。しかし昨日見た魚たちは、付近にてんぐさとりの海女が入ったせいか、ずっと深いところへ下りてしまい、一寸手がとどかないようだ。

その内、みんなに先んじて、僕がカワハギを一枚突き上げる。奇麗な水の中で魚を追って突く醍醐味という奴は、全くぞくぞくするほどたまらない。

逗子葉山あたりと比べ、伊豆近辺は火山の活動で海底の隆起が激しく、眼鏡ごしに覗いた海底は全く素晴しい。船を舫った干出を眺めながら近づくと、底深い水中からそそりたったモンブランの如き大岩の頂きである。

◉多忙な仕事を離れて過ごすヨットでの時間は、石原裕次郎にとって自分に戻れる、まさに至福の時であった。

その暗礁の周りに、色とりどりの魚が散らばり、これこそ正に、幻想的な現実である。なんとか、この空怖しいほど美しい光景をもう少し確かに自分のものにしたい、と思う。かねてやって見たいと思っていたアクアラングを、本格的に習い始める決心がやっとついた。一時も早くアクアラングをマスターし、この未知の世界に陶酔したいものだ。こう考えると、この人生には、単に好奇心を満すだけのためにも、しなくてはならぬことがまだまだなんと多いことか。

十一時抜錨《ばつびょう》、雲見に向けて出発。

あいかわらず無風。〈くろしお〉のクルーに「雲見は奇麗なところですよ」と聞いていたが、大したことはなかった。〈月光〉の久保田氏も岩地は素晴しいといっていたが、ここもまあまあ。

雲見では、ある入江の部分の海の水が違うのでテンダーで確かめさせると、背の立つほどの浅瀬が入江の左手真ん中にある。これはチャートには出ていない。水が奇麗だったからいいが、危い限りだ。

泳いで戻って来ると弟とハッスルが何やら大声で笑っている。ヨットをひやかしにボートでやって来たアベックに、裕次郎が来るとき釣ったマンダラ鰹を「おい、いいものやるよ、釣りたての鰹《カツオ》だよ。刺身にして食うと旨いぞ。少し小さいからお前らにやるよ」というと、二人とも大喜びで持って帰ったそうな。

「あいつら、本当に刺身にして食ったら当ってジンマシンが出て、今夜痒ゆくて痒ゆくて寝られないぞ。二人で旨いことをやろうとしたって、それどころじゃねえや」

都会からはるばるやって来たアベックには、マンダラかソーダか真鰹か、ひと目でわかる訳はあるまい。罪な悪戯である。

スタ千の撮影を終え四時雲見を出発、石川やリクたちと待ち合わす間、津呂へ向う。シンクロの撮影で、海の良さヨットの良さをひとことで、といわれてもいいようがないが、やっと吹き出した南東風に、ヨットがようやくヨットらしくセイリングし出すと、アナウンサーもカメラマンもプロデューサーも、「なるほど、これだなあ」と説明要らずして感得する。

南東風では真上りでまだうねりの残った海で、日没後の長津呂入港は危険である。なんとか日没に間に合わせるため帆走をあきらめ、機走に移り、する内、風も我々の気持を察したか、落ちてくれた。全く、風の中を機走しているヨットほど間の抜けたものはないのだから。

鰹島を廻り石廊崎にかかるとリクやマリちゃんたちが灯台下の断崖に立って手をふっている。陽は落ちかけたが、どうやら間に合ったようだ。

長津呂で野口一人が勤めのために下船して帰るが、乗り込む人間の方がはるかに多い。岸に居並んだ娘子《じょうし》軍五人とリクの姿を眺め、これに夜中にやって来る石川を加えて一体どうなることか、といささか憂鬱《ゆううつ》である。今夜の出港には、総員一五人、ということになるが。

夕飯の後、長津呂測候所で気象予報を聞く。ここの所長さんはすっかり見知りになって、他の所員も一緒に、実に親切に説明してくれる。といっても、天気図で見る通り大きな太平洋高気圧に覆われ、典型的な夏型配置。むしろ心配なのは無風、とのことだが、測候所まで上って見ると、今年最高を記録したという日中の暑さに、夜になって、日中の上昇気流が冷えておりる、いわゆる陸風がかなり吹いている。

帰りに石廊崎の鼻までいって見ると、とても測候所で聞いた瞬間八米という程度の風ではない。どう見ても一二、三米は吹いている。この風はそう沖まではとどくまいとは思うが、しかしとにかく出てみなくてはわからぬ。コースは、最初式根島へ寄って、その後神津、三宅の順でいくつもりなのだが、早く出すぎると、暗い内に式根へ着きそうである。

する内、石川社長も予定より早く到着してオールスタンバイだが、行程が短いだけに、そのまま十二時まで暇をつぶす。裕次郎は、今夜は旅館の前の野天へ机を据え、日本酒の冷やを一升瓶からコップ酒でぐびぐびやっている。リク、ハッスル、高久トンチなどが相手をさせられ、日焼けかどうか、みんなもういい顔色だ。

河村は一昨日の例の足のつった女の子と並んで夜釣り。その横で石川が思いがけなくも、大きな伊勢海老を釣り上げると、女の子が石川に是非ゆずってくれと交渉し、河村は分が悪くなったようだ。

三年前、子浦の船着き場では、深夜、水中に無数の小さく光るものがあって、懐中電灯で照らすと、それが流れ星のように光に向って集まり水面が騒ぎ、何かと思ったら、光るのは伊勢海老の眼玉だったというような、嘘みたいなことがあったが、こう人出が多くなってはもうとてもそうはいくまい。しかしこの伊勢海老はものすごく大きくて珍しい。プレゼントとはせず、ヨットのコックピットに投げ込んでしまった石川に、女の子は、「私はこれで三日もここで釣りしているのに、あんたが来てすぐそんなものを釣るなんて頭へ来ちゃうわ」といかにも口惜しそう。そこで艇長命令で海老を彼女に改めてうやうやしくプレゼントする。これで船乗り慎ドバッドの名も少しは上ったろう。

十二時出港。夜風に波騒ぐ入江の入口は無気味だった。入江を出るとすぐに、横なぐりに東風が吹きつける。水上でもかなり吹いている。

メインにゼノアを上げると、定員過剰でその上、水、ガソリンを満タンの船は、重々しく波を切りダイナミックに突っ走る。風の強さだけではなく、時ならぬ積荷の重量もあり、ヘルムの感じが妙だ。

こうした定員過剰はほめられたことではない。しかし、まあこうした夏の好天候の下では大事もおこらぬだろうということだが。

娘子軍は、マリちゃんをのぞき、船は初めて。そこで大先輩マリが一場の訓辞をたれ、いかにしたら酔わぬか、酔ったらいかにすべきかをのべる。その内、揺れが激しくなり、自らも危くなると、彼女は、キャビンに入るとかえって気持悪くなるわよ、と周りを牽制して自分はさっさと中へ入って寝てしまった。ここなんぞ姉御の要領満点である。

船が走りすぎ、夜明け前に着いてしまいそうなのでメインをリーフする。

ヘルムはなくなり、船足も少し落ちる。

艇長の寝た後、甲板は出来上った船客たちで修羅の巷と化したようだ。意外に強いのは新参の女の子の内の二人で、後は、石川、五十嵐、井野を除いて全員出来上り。リク、ハッスル、トンチは裕次郎とつき合った冷酒が今になってにわかに効いて来たようだ。この春、骨折してずっと船から遠ざかっていたリクは、「ああ、懐しいなあ、お蔭でヨットにも戻って参りました」などといいながら吐いている。かかる時にもウイットを忘れぬのがこの男の身上である。

自ら単細胞と称し、リクにはアミーバーといわれて吐くことも知らなかったハッスルも、トンチの言によれば、「本船が通ったのか」と思うような轟音をたててバウで吐いていたそうである。

夜明け前、薄明下に灯を見る。島である。入港にはまだ暗すぎ、タックし、新島沖で流して朝を待つ。リーフしたが、風は落ちず船はよく走っている。新島のブランケットに入ると、辺りの大きな潮目がはっきりとわかる。あたかも風のある如くに波だつ海。しかるにシバーする帆。この夏は特に辺りの潮が強いような気がする。この予感は後日の三宅いきで証された。

六時、野伏港へ入る。先客あり。〈蒼竜〉と〈ミューズ〉がすでにいる。舫いをとるその音で、両艇のクルーが起きて来、田辺、金原両艇長と朝の挨拶を交す。時間も悪いが、夏は漁船や他の船の出入りが多いようで、野伏を敬遠し、陸路は不便だが、式根最良のアンカレッジ中之浦へ向う。ここは、野伏港にいつも泊っている大きな漁船茂平丸が、台風への吹き込みで北東風の悪い時や、一寸した台風時には仮泊するそうな。

入江の横に大きな穴があいていい、入り込んだうねりがそのまま、隣りのカンビキ湾に抜けてかえり波がなく、真向いの北東風の時でも太いロープで前方左右に錨をうてば、船方がいなくても大てい大丈夫だという。

初めて入るだけに、テンダーに先導させ、サンドレッドで水深を測りながら入港する。

隣りの大之浦と比べて少し狭いが、入口も岩と岬の真ん中を通れば充分水深がある。中も波打際までかなり深いが、中央の奥に一つ大きな岩があり、ここだけは背が立つ。この岩も水が澄んでいるのでよく見える。なお念のために記すが、中之浦には海底電線布設用のガイドポールが三本立ってい、内一本は白い砂の崖にオーバーラップしているのでよく見えぬが、残りの二本は松林を背によく見える。一寸眺めると、その二本を結んで入るガイドポールのように見えるが、全く関係はない。そのつもりで入って来ると、入口の暗礁にのし上げることになる。

午前七時の投錨時には人気ない海辺も九時をすぎ、十時になると、逗子葉山の海岸に近い混雑ぶりとなる。一昨日の日曜日には、この小さな海辺に六百人の人が出たと、海岸にたった一軒売店と貸しボートの小屋を出している茂平丸の船方のセンゾー爺さんが慨歎《がいたん》していた。人口四、五百人の式根島に夏は千二、三百の避暑客が来るという。逗子鎌倉あたりのドブみたいな海へ来るよりははるかに気がきいているが、しかし幻滅である。

名物ジナタ温泉も、昼間いけば、満員の盛況で全く落ち着かない。それでもこの野趣は何度来てもいい。その内に、考え間違いした村当局が、ここに妙な温泉ハウスなど建てないことを切に祈る。

ヨットに戻ると、野伏から廻った〈蒼竜〉が隣りに舫いをとっている。エキスパートである田辺艇長から、アクアラングや水中撮影についていろいろ話を聞く。この人の話しぶりは、気負わず淡淡としているが、実に風味があって面白い。一度、「旅」という雑誌で対談したことがあるが、その対談も今までした対談の中では面白いものの一つだった。話していて、彼が魚を愛しているのがよくわかる。そしてまた、妙ないい方だが魚を静かに愛していてよく似合う人である。

相変らずの陣頭指揮を眺めていて「川辺さん年齢にもめげず、よく頑張りますね」と、うっかりいってておこられた。

彼に、つい昨日も潜っていて、生れて初めて見るような大魚群にこの近くの海で遭遇した、などといわれると胸がどきどきして来る。全く、なんでもっと早く、アクアランダをやっておかなかったのだろうか。

〈蒼竜〉に備えつけの、フロートボードに水中覗き窓のついたのを借りて近くの海を覗いて廻る。水深二、三〇米あるだろうか、はるか水底に大きなブ鯛や尾に白い帯のあるサンノジの大魚が悠々と沢山泳いでい、息を呑む。

夕方、〈蒼竜〉のクルーがそのサンノジを一匹突いて来て御馳走してくれたが、殺戮を好まぬ田辺艇長の機嫌を損ねたのではないかと心配した。

夜、定員過剰のため、娘子軍と若いクルー数人は、陸上のテントに寝かすべく設営し、ゼネレーターで電気を起し、陸上で大バーベキュウ大会。またもや泥酔した裕次郎は、すでに日やけして真っ黒となり、北海のセイウチのごとくに暴れて、並べられた料理に砂をあびせ、食う料理食う料理、みんなジャリジャリである。

食後、〈蒼竜〉のクルーと合流して星空の下で飲み、且つ、語る。田辺さんは几帳面に、〈ミューズ〉との交歓風景を録音した後、ヨットソングを録音コレクトしたりしてい、一人で楽しそうだ。潜りすぎたせいか、夜突然発熱して、厚いジャンバーを着込んでいるが、これはお年に関係なしや。ともかく、その生れて初めて見たような魚群というのを、僕も今夜の夢に見そうな気がする。

十時、散会。船組はヨットに戻るが、一人裕次郎だけがテントの脇に坐って動かず帰って来ない。テンダーで戻って来た井野が、裕次郎が勘違いしてリクを急病と思い込み、看病して動かぬという。双眼鏡で覗いて見ると、確かに、彼にいいつけられてトンチが悲しそうな顔でタオルを海水にひたし、それを絞って持って帰り、テントの中にさし込みリクの頭をひやしているようだ。

裕次郎を扱いかねたリクが、とうとうへいこうして一人でテントの中で寝てしまったが、着込みすぎて汗をかき眠っているところを裕次郎がその額に触り、熱いのでおどろき風邪で発熱と思い込んだ。リクが面倒なので、「はいそうです。ですけど大丈夫です」と答えると、俄然、ホスピタリテイを発揮した裕次郎が心配し出し、坐り込んで動かないという。

ハッスルは、村へいって医者を呼んで来いと命じられ、はいといったままでテントの後に隠れているのを見つけられ引きずり出されて怒鳴られ、松林へ走り込んで暫くし、「この村には医者はいません」と報告したり、他の娘子軍も、テントに入るに入れず裕次郎の周りで睡い眼をこすりながら困りはてている。こちらはそれを双眼鏡で眺めてげらげら笑っているが、岸の連中はそれどころではあるまい。

する内、リクの熱も少し下ったのか「心配だ、心配だ」といいながら、裕次郎は泳いでヨットまで戻って来た。

こうなると、この男の酒癖に親切癖というのも加えて覚えておかねばなるまい。

この夜、睡っていると突然異様な地鳴りとともに、妙な震動を船のバースの上で覚えた。睡りながら、ああ、これは地震だとはっきりわかった。船が揺れたような気がする。この時、甲板で起きたものも、水がざわめき、船が揺れたといったし、二人だけでジナタ温泉へいって、帰りにシャワーを浴びていた石川、村木は、かなりの揺れに足がすくんだという。感じなかったのは、急な崖の下のテントに寝ていた連中だけである。

船の上で感じる地震は生れて初めてだが、寝苦しいバースの上でのせいか、妙に胸苦しい異様な体験だった。伊豆諸島はこの頃しきりに活動してい、式根島自身もその一環で、新島と式根は実は明治の代まで繋がっていたともいう。去年は神津島で地震騒ぎがあり、三宅は三十七年に噴火、大島の三原山は年中、この式根も最近大きな地震が多く、グランドキャニヨンばりの断崖の細道を下りていくジナタ温泉の入口には、地震の際、柔かい地盤がゆるむかも知れないから頭上に注意と警告が出ている。村民は怖れて最近ジナタへはいかないそうな。

注意といっても垂直に近い崖をジグザグで下り、底の狭路は、狭いところで幅二米もなく、その上はオーバーハングした崖である。そこをすぎる時、よく西部劇のインディアンの待伏せを思い出すが、インディアンの矢ならばどうにか防げても、ここで地震に会ったら一巻の終りである。

その地震の記憶が異様なのと、後で三宅で聞かされ見たものの印象とで、帰りに再度寄った時、ジナタ温泉のいき帰りは、大袈裟にいえば、手に扞握る思いであった。

翌朝九日、井野が早朝の汽船で新島経由で東京へ帰る。大体彼はすでにいろいろなクルージングで休みを費い果し、今回も土曜の出港前母上に、月曜の朝にわかに発熱、下痢で食当りらしいと会社に仮病の電話をかけてもらうように頼んで出て来ているが、二日すぎると同僚が見舞いに来てしまうので、どうしても今日は帰らなくてはならない。

サラリーマンのヨット乗りの悲哀はいずこも同じだが、井野に聞くと、さぼり休みも一日二日というのが一番いけなく、すぐに上から小言を食うそうで、一昨年紀州までクルージングにいってとうとう一週間さぼってしまった時は、会社の上司も逆に毒気を抜かれて、有能なこの部下が何かで腹をたててストライキしたのではないかと勘違いしたか、はれものにさわるようにそっとして、遂に、何もいわれなかったそうである。

出発する前、井野はしきりに「食当りで寝ていた病人にしちゃ、陽に焼けすぎたなあ」と気にし「ま、いいや、どうせ、上役もまたヨットだろうと思っているに違いないから」と覚悟を決めていた。

彼なぞサラリーマンでも比較的自由な広告マンだからいいが、銀行員なんぞでは、クルーザーに乗る限り、鏡花の「婦系図」じゃないが、出世をすてるかヨットをすてるか二つに一つの返答だ、ということにもなりかねない。

井野を送り出した後、昨夜の疲れで朝遅く眼を醒したみんながぼつぼつ朝飯でもつくるか、といってる頃、井野と同行して帰った筈の娘子軍の二人がひょっこり帰って来た。

連絡船を見たら、急にヨットの方がよくなって、舞い戻って来たという。

それに、連絡船の切符売りの爺さんが、一昨日の夜からやって来、昨日の曇りでまだ陽焼けしていない二人を見て、

「そんな色をしたお客は、式根から帰す訳にはいかねえな」と冗談をいったとか。

午後一時抜錨、隣りのカンビキ湾で潜水中の〈蒼竜〉の横をすぎ、西廻りで式根を廻り、三宅島へ向う。

視界悪く、神津島がやっと見えているくらいだ。神津いきは時間の都合と、今、季節の漁

業で港の状況が悪いため見合わせ、三宅直行である。

式根の西端をかわすと、海図にもある潮の悪い水域。それを過ぎると、一昨年、黒潮南進三宅島レースのいきに往生した神津近辺の水路にある潮目にかかる。

南東風のリーチングで、六、七ノットで走る船が、潮目に入り、三角波に叩かれると嘘みたいに行き足が落ちる。そしてまた、幅一、二粁の潮目をすぎると、嘘のように波の揃った感じのいい海で船がすべる。今年は相当潮が入れ上げて来ているようだ。式根のセンゾー爺さんの忠告通り、神津をかすめるコースで三本岳の西側を狙うくらいの針路をとる。うっかり三宅へコースを引いたりすると、この視界の中では三宅の東側へ潮で運ばれても気づくまい。

娘子軍の中には、潮波に叩かれ、早くも具合悪くなりかけたものもいるが、一昨夜までの惨状とは、ならない。ここらが、初心者がクルージング好きになるか、嫌いになるかの別れ目だろう。

する内、神津もガスに隠れ、最後のベアリングで位置を出し、ログで測って暫くしてタック。前方に三本岳が見えて来る筈で、最初に「ランド・ホー」したクルーに賞金一千ドル
(円)と声をかける。

「いつも賞金の声ばかりでもらったことねえな」

リクたちはぶつぶついいながら前方に眼をこらすが、暫くする内、舵を引いていた僕が真っ先に彼方に三本岳を発見する。余り来馴れぬ外海で、悪視界の中で目標を発見した時の気持は、たとえこんな夏時でも、矢張りほっとするものだ。

最後の潮目をすぎると海も深くなったか太平洋らしく安定し、安穏平和な航海となる。リク、トンチはハワイ土産のラバラバ（ポリネシアンの男子のスカート、インドネシヤのサロンの如きもの）を着込み、バウで娘子軍と巫山戯《ふざけ》た写真の撮りっこをしている。ラバラバをつけたリクやトンチはどう見ても日本人ではない。正しくロッコ（ローカル）ボーイだ。マリちゃんも負けずにムウムウを着、デッキは華やかである。かかるうちにも、裕次郎は相変らずぐびぐびと呑む。

写真の次は一昨年の紀州クルージングで考え出した遊び。

女性の化粧品を借りてのメーキャップが始まる。トロイ・ドナヒューに似、マイク真木にも似、クラーク・ゲイブルにも似、「ビックリしたな、もう」の何とかいうコメディアンにも似ているというハッスルは、一昨年に味をしめ、「石原さんまた頼みます」とマリちゃんの眉ずみやアイシャドウを持ち出して来る。映画用のメーキャップで、コールマンひげを描き、眼ばりを入れ、鼻をたてると、全くどういう訳でか、あのハッスルがクラーク・ゲイブルに似て来るから不思議である。一昨年など、変貌せる我が面を鏡に覗き直して感動したハッスルは、翌朝起きても顔を洗わず、そのまま西伊豆の妻良まで行って泳いだら、たちまちメーキャップが落ち、船に上って注意され鏡を覗き直し悲観して、「ああああ、またもとの嫌な顔になった」とは涙ぐましい本音だった。

ハッスルに負けじと、小生、リクがコールマンひげをたて、村木はいろいろ描くがどれも似合わず、僕が思いつき、呑気な父さん式のちょびひげを描くとこれが見事に似合って収まる。人間の顔というのは、まか不思議なものだ。五十嵐はいろいろいじくり廻す内、馬場のぼる描くところの漫画のバタ屋となる。

かくする内、本職俳優の裕次郎が何やら念入りに仕上げた顔は、なんとマスカラーまでつけ唇も紅く引いた夜の毒蝶の如き女型、艶然と微笑んで見せる彼に全員思わずぎくっとし、娘子軍は海の怪物を見たような悲鳴を挙げてのけぞる。

これでこのまま上陸したら、三宅島の人たちは度ぎもをぬかれるに違いあるまい。

大体日本人は悪戯の精神が無さすぎる。

大方の人間の性格は内陸的でおずおずして、ジョーク、冗談というものが解せないし、自らも成さない。悪戯といっては、悪戯にほど遠い犯罪並みの愚行、例えば、山の標識を変えたり、ハイウェーの鏡を割ったり、そんな程度だ。

同じ標式でも、僕は一度あるゴルフ場の四方に見晴しのいいティグラウンドで、ティショット用のティマークを、片側引き抜き、四五度変えた方角に打ち直して置いたことがあったが、この後の騒ぎたるや見事であった。後から来た組はそれを信じてボールを打つ。打っていって見ると、その方向にはグリーンがない。

これはドッグレッグだなと、横に見えているグリーンに向って打ってオンして見ると、逆の側から上って来た正規のルートを歩いた連中とはち合わせし大混乱。こんな悪戯ならたまにはいいだろう。

ヨットで一度やって見たい悪戯は、大島レースのフィニッシュのように白昼多勢の観衆の見守る中で（それもファーストホームの時に限る）ただ一人、スキッパーが縞のシャツに頭巾黒眼鏡の海賊姿で舵をとり、他のクルーは体中にケチャップの血糊を塗り甲板にぶっ倒れている。

もし、そんな姿を沖で通りすがる本船が見たら保安庁に連絡するか、自ら助けに来てくれるだろうか。

或いは全員溶接工のする黒眼鏡で（これをかけると按摩のように見える）手に白いステッキを持ち、スタートの時、甲板を手さぐりや杖ついて駆け廻り、帆を上げスタートする。知らぬものが見たら座頭市の船かと思うだろう。

トランスパックあたりで一度やって見たい悪戯だが。

過ぎゆく夏よ

三本岳を過ぎ、ようやく三宅島が見える。

三本沖でワンタックし、南へ下り、充分に余裕をとり、三宅の南端あたりを目指してコースをとる。

久しぶりに見る三本岳は、この前見たとはどうも型が違っている。屹立《きつりつ》していた先端が欠けて少し鈍くなったようだ。

後に聞くところ、アメリカ軍の飛行機が演習でここを爆撃し、その型を変えてしまったとか。とんでもない話だ。第一、ここらは天然の漁場だし、公式の演習地ではないのに。事実としたら全くけしからぬ。

新島の新演習場にしても、もし実施されれば、黒潮南進レースどころではない。ヨットのクルージングもおちおち出来たものではない。

今回の処置には新島全島あげて反対だそうだが、我々ヨットマンとしても、日頃無関心なこうした問題にここらで少し目を向け、この措置は断固反対すべきである。生活がかかっているのも、遊びがかかっているのもこの際同じである。あの辺りでいくらヒーブツーして時化をさけていたとしても、時間を限って爆撃演習されたのでは命がけの二乗倍である。

ＮＯＲＣという、御奇麗ごとの、レース以外はかんじんなことには腰の重い協会も、こんな時くらい会員並びに見知らぬ同胞の役にたつべく、反対運動ぐらい起したらどうか。厭なら有志でも行なうが。

さて、阿古の港だが、長津呂で〈キテイ号〉に聞いた時、五島さんが八丈の新港と勘違いして答えてくれたのが悪かった。東海汽船の桟橋があるし、軍艦島を廻ればすぐにわかるという。八丈の軍艦埠頭は知っているが、三宅島にもあるのかと思い込んでしまった。やがて東海汽船の桟橋はわかったが、軍艦らしい形をした岬も確かにある。しかしそれは見えている埠頭の出た錆ヶ浜《さびがはま》の北側だ。しかもチャートでは、阿古の部落は錆ヶ浜の北側にある。

後でわかったことだが、阿古の港と阿古の部落とは車で五分ほど離れてい、チャートには阿古の部落しか出ていない。

そこで、港の入口らしくも見える白い灯台を後に、軍艦島らしき岬を廻って見たが、一向に港はない。する内、今まで快調で来たエンジンがはたと停って動かなくなった。エンジンというのはこれだから信じられない。以前、コベントリイのジーゼルを積んでいた時も、初めて入る波浮の港で、日が落ち暗闇になる直前無風でうねりの大きい港の入口でスリラー映画のプロットのようにエンジンが停り、坐礁寸前、神の使いの如くに現われた漁船に曳航されて助かったことがある。

風はあるので沖に出れば危険はないが、見知らぬ港の入港は帆走では無理である。石川は縛り首にならぬように懸命にエンジンを修理し、なんとかまたかかりはしたが、どうにも頼りない。

ところへ、潜水夫を使って何か作業していた漁船が帰りかけ、その船に伴走してもらい、錆ヶ浜南端にある阿古港にたどりついた。

西に向って狭い入口の開いた割に幅の広い良港である。五〇フィートまでのヨットなら、真西の時でもここならなんとか持ちこたえられるだろう。聞いた話だと用地の買収もすみ、この後港内は更に拡充される予定だそうだ。

港の入口近い崖下に舫い、早速、自動車の修理屋を呼んでエンジンを修理させる。原因はノズルとキャブレーターだった。

ヨット見物にやって来た土地の若い衆の肩に生々しい傷跡がある。集団の喧嘩でもあったかと訊ねたら、昨日お祭りが終ったところで、その時おみこしをかついで暴れた名残りだそうな。お祭りの後、今度は裕ちゃん来たるで、連中はまたうきうきしている。ものを訊ねたり、頼んだりしても、陽焼けして人相はみな良くないが、おずおずと控え目でよくやってくれる。

その内、どこかの馬鹿に威勢いい若い衆がぼろぼろのトヨペットクラウンで乗りつけ、女の子たちを泊める民家へ案内してくれる。このアンちゃん、馬鹿に気易く、レンタカーなんぞ借りることあない、俺たちの車で案内してやる、とその夜も次の日もボロボロだが車を二台三台持って来て、ベタマークのサービスしてくれたが、別れてチップぐらいやろうと思ったら、とんでもない、レンタカーを借りた方がずっと安上りの料金を請求されて苦笑いした。

そのアンちゃんが狭い道を凄い車を凄い勢いで飛ばしながら、いやに気負ってしまって、ぼやぼやしている島民たちを「この百姓ども」と怒鳴り散らす。そういう手前は何なのか知らないが、リクの説明では、かかる人物を地域社会のエリートというのだそうである。

民宿の家で全員風呂を浴び夕食をとることにする。

船を整頓し、後発した裕次郎たちが到着すると家の囲りは人の山で、とうとう警官が出て注意したが、一向に効果ない。

東京の新聞社へ原稿校正の電話をかけに前の家にいって土間の縁先で一人坐って待っていた僕を見、見物の中の一人の小母さんが、それでも小生が何たるかを存じていてくれて、

「ああ、こっちに慎太郎がいるのに、みんな裕次郎ばかり見て、誰も見てやらないよ。可哀想に、悪いよお」といっている。苦笑いでは申し訳ないくらいだ。三宅島民の温い心に涙が出たよ、全く。

晩餐は民宿なりに精一杯のサービスでトコブシ、鰹の刺身、飛魚のクサヤ等、純粋三宅産だが、伊豆列島どこへいってもこれではうんざりである。それでもビールに三宅自慢「三宅焼酎」を晩酌にやると、結構食欲もはずむ。

食事が終った頃、さっきのアンちゃんが人垣をかき分けて入って来、

「こんな百姓どもを相手にしていないで、三七山の温泉へ入りにいきな」という。

昭和三七年に噴火した噴火口近い海岸に今でも湯が湧き、海水と入り混って手頃な温泉があるそうな。早速分乗し、温泉へ向う。

夜なので周りの景色がさっぱりわからぬが、打ち上げる波の音のとどろく海岸に、大きな池があり、それが温泉なのだ。他の温泉客もいるようだが、水着は持ち合わせぬし、車のライトを消して、フルで温泉に飛び込む。周りが溶岩の小石なので裸足が痛くてたまらぬが、湯加減は上々、娘子軍を呼んで誘うが、たとえ暗闇でも、となかなかお行儀よく誘いに乗らない。

三宅島土産に、男女入り乱れてフル対フルで暗闇の混浴とは洒落ているのに、残念至極で

ある。
する内、新しい車がやって来、ヘッドライトが旋回してフルで這い上ったところを運悪く照し出され、我々より娘子軍の方が大騒ぎで、リクに、
「嬉しそうな声を出すんじゃありませんよ、はしたないわね」と注意される。

翌朝、マリちゃん一人を残して娘子軍全員が東海汽船で引き上げた。折角ここまで来たのに今日一日見物すればとしきりに誘うが、帰心矢の如しか。実際彼女たちを見送った後の三宅島巡りが予想をはるかに上廻って素晴しかっただけに、彼女たちのためになんとも気の毒だった。

ともかく、初めてヨットに乗ってこんな遠くまで来ただけで精一杯ということか。その心境はわからぬでもない。よく旅行しつけぬ人が外国旅行すると、とにかくここまで来た、というだけにほっとしてしまって、見物なんぞどうでもよくなることがあるが、旅もやはり馴れで、馴れれば馴れるほど貪欲になって来る。

みんな揃いのハッピを着て壁岸まで彼女たちを送る。テープを投げ合い、こちらが相手にアローハと連呼する内、周りの目を気にしておずおずしていた彼女たちも、仕舞いには大声でアローハと応え返す。彼女たちもやっと我が艇のペースが出て来た時には、かくしてお帰

りという訳である。

昼食の後阿古の浜辺でひと泳ぎし、島巡りに出かける。泳いでいる時、サンタンローションが無くなり、ハッスルとリクが、近くにいた成蹊大の学生という女の子に、持っていたクラッカーをいかがですか、とすすめて、代りに、このローション一寸お借り出来ますかと持ち帰り、全員でなすくり合ってあっさり一瓶空にしてしまい、知らん顔でどうも有りがとう、はないものだ。例のアンちゃんと、その知人の特攻隊帰りの、三宅島の修理工場の社長の高橋さんの車に分乗し、島を廻る。まず、七色に変色するという小さい方の湖。これはなかなかの奇観で、その色の変り方も一寸無気味である。四方眼のくらむ断崖に囲まれた、神秘、というより妖怪な感じのする湖だ。

途中、三宅純産の濃い新鮮な牛乳を工場で飲み、大きい方の湖に向う。

こちらは周囲原生林に囲まれた、ひっそりした湖だ。ともかく、東京からこんなに近くに、こうした変化のある異国的風景があるとは思いもかけなかった。

三宅島の中心にある雄山にしても海抜八一四米あって大島の三原山より高く、八丈の西山、御蔵の御山に次いで伊豆七島中第三位。この頂は小型ながら、三原山に似て外山内山の間に小さな砂漠もあり、風景は素晴しい。砂浜一つない八丈に比べて、いたるところ美しい砂浜があり、湖や温泉まであって実に変化に富んでいる。

三宅島の景観中の白眉は、サタドー岬の灯台から見下した三七山裾野の、あの大噴火で埋められた海岸の美しさである。

ガイドのアンちゃんは、自分は見馴れた景色故に、こともなげに、

「灯台から三七山を見ると奇麗だよ。こないだ舟木一夫がそこでロケーションやった」とだけいったが、舟木少年はともかく、灯台の好きな小生は、とにかくいって見ようということでわざわざ横路にそれて灯台を訊ねてみた。

その構内を抜け、灯台裏の断崖上に立った時、大袈裟でなく誰しも、「あっ」と叫んだきり、立ちつくした。

かつては何とかいう避難港のあったという一帯を埋めつくした大噴火の溶岩が、向いの山の頂から一面に流れ落ちて海にいたり、その周囲をつつむ緑と鮮かな対比をなしている。

三七山と呼ばれる噴火山の黒い山稜の上に、焼け朽ちた大木の白い幹が一面、墓標のように立ち並び奇怪な風景を拡げ、その黒い山裾のいきついた、無人の長い長い海岸線に南太平洋と同じ、真っ青な水が押し寄せ、怒濤となって崩れ、砂浜に鮮烈な白い飛沫を挙げている。

これは正に青と白と黒の海岸、南太平洋でしか見られぬ白昼夢の世界である。

人間は何の予期もなしに、突然眼の前に見事な風景が開けた時、我を忘れ一種神秘な感動に打たれるものだ。

しかしそうした貴重な経験は滅多にない。僕の経験からいえば、生れて初めてした外国旅行で、朝、眼醒めた飛行機の窓外に見下して見た太平洋。スクーター旅行で南米のパタゴニヤのキャニヨンを渡り切ったとき、眼前に開けたパンパスの大草原。サンクリストバル峠で一陣の突風とともに雲を払い、思いがけなく間近に姿を現わしたアコンカグア。低空飛行で山路を廻り切った時、巨大な白鯨のように限前に躍り出したアラスカのメンデンホールの青い大氷河。そうした時に味わった、なぐられたような感動がこの時にもあった。せまくるしい祖国に、それもヨットでやって来た距離の内に、こんなにデザーテッドな、荒涼とした美しさの風景があったのか、という感激だった。

見物嫌いの裕次郎も、流石に「うーん」といったきり動かなかった。

正に「バリハーイ、ホウー」である。キャプテン慎ドバッドは、この感動にちなんで、この海岸を「白昼夢の海岸」と名づけたのである。

来たついでだ、なんでも見てやれ、と雄山に登る。三の宮の登山口から荒い火山灰の道を車で無理して五合目近くまで上り、後は歩く。

炎天下の強行軍に流石強ものたちもバテて、小生と村木、五十嵐の先頭グループは見る見るみんなと離れ、骨折の傷いえきらずびっこを引いているリクもいるので、登山は次回に延ばし、引き返す。

その帰り道、車が道を間違え、三七山の頂に出てしまい、思いがけず、先刻、灯台から眺めた景色を今度は逆に眺め直した。がらり印象が違う。今度は見渡す周囲ただ黒褐色の荒涼たるもの。日本というより、矢張りどこか、不毛の土地、ペルー辺りの風景である。元に戻り、山を下りて、昨夜いった温泉に近い先刻灯台から眺めた無人の海岸で泳ぐ。長い長い海岸線に、火山灰の小石が、強い波に打ち上げられ、急角度のサーフサイドを作っている。風は殆どないのに、うねりだけでもの凄い波だ。一番端の比較的波の低いところで泳ぐが、四、五〇米横は潮があるのか、北斎の絵の如き巻き波が叩きつけ、なんとも豪快である。

引き波の時、小石ががらがらと音をたてて崩れ、波の砕ける時、小石がはねて踵《かかと》に当り痛いくらいだ。

旨く波に乗ると、一五、六米もある急角度の波打際を、頂上まで持っていかれ、スリルと興奮の遊泳に時のたつのを忘れる。大きい波が来ると、水中にいて波に乗る方も眺める方も、一寸緊張するくらいだ。

水泳の後、そのまま砂浜奥の温泉に入って、一風呂浴びる。日中見直して見ると、この天然温泉は、式根とはがらり違ってまた独得のものだ。ちょうど大砂漠にあるオアシスのような感じだ。池は三つあり、真ん中のがちょうど良く、海に向って右手は熱好き用であるが、これはかなり熱好きの小生にも一寸熱すぎる。

よく見ると、池の周囲に穴が掘ってあり、『ごみはここの穴で焼くように』と記してある。なんと、その辺りにはまだ、ごみを焼いて灰にするほどの地熱が残っているのだ。ガイド君の話だと、近くの砂を掘って卵を埋めると、すぐにゆで卵が出来るという。雨の日だと近くのハイウェイを過ぎる時、雨が地熱で水蒸気となり、前も見えないくらいなそうだ。我々は正しく、生きて呼吸しつつある大地の上にいる訳である。

島に一軒あるホテルのレストランで食事して帰る。何日ぶりかでステーキが食え、やっと満足。そのホテルのバーに、銀座のあるバーでホステスをしていて裕次郎と顔馴染みの女の子が勤めている。

「こんなところまで流れて来たのよ」

というが、ここだって東京都下だし、銀座から王子や上野へ流れていくよりは、第一健康的だろうに。


さてこの夜、港に帰って来ると、港の岸壁の上で漁師の幹部たちが、ケンケン漁法の指導に来た三崎の山下氏（三崎に大きな偽餌工場があり、タコ化けの発明家で漁師の間では有名な人物）を囲んで野外パーティーの真っ最中だ。漁業組合長が是非入れというので、居並んだ漁師たちの間に割って入って痛飲する。

こちらはビールよりも、氷入りの三宅焼酎の方がありがたいので注文すると、先方は、そうか焼酎を呑むのかとひどく感動してくれるが、こちらとしては趣味の問題である。

この芋こうじの芋酎は、米こうじの米酎よりもさっぱりして、絶対に二日酔をしないし舌ざわりが甚だいい。レモンを入れオンザロックで、さかなにムロアジのクサヤがあればいうことない。

そしてこの夜は、お手のもの、とりたてのヒラマサの刺身である。「ヒラマサ刺身は皿までしゃぶる」という漁師の言葉あり。確かにヒラマサというのは、魚肉というより、一種別のものの肉という感じがする。

上半身裸で大いに酩酊した山下氏は、〈コンテッサ〉のために専売特許のケンケン一式を作ってくれると約束した。

それぞれに歌が出、きりない乾杯。すっかり酔った何人かの漁師が、弟や僕に着ているシャツにサインしてくれとせがみ、昨日午後、三本岳で我々のヨットを眺めていたという背の高い漁師は、我々の着た〈伯爵夫人号〉のハッピが気に入り、金を出すから売れといい出し、大いに困惑する。またある老人の漁師は、驚くことに、英語を混えた文学論を吹きかけて来て、「あんたのインスピレーションで、三宅島を舞台にした小説を書き、大いにプロパガンダして、この僻地の三宅島を開いてくれ」と僕を叱咤した。

そしてさらに、最も驚くべきことはやがて起ったのである。

中でそれまで余り目だたない、他と同じ赤銅色のねじりはち巻き、眼鏡、そして少しひんがら眼の漁師が僕の隣りへ坐って来、僕の肩を抱いて親しげに頬を寄せて来、

「ねえ先生、もっとお上りなさいよ」

と注いで来た。

僕は生来、蛾とオカマが大嫌いで、この二つには虫酸が走るというか、思わず叫び出したくなる。人間には天敵というものがそれぞれあるようだが、僕にはこの二つがそれらしい。蛾は相手かまいなしに飛んで来るが、蛾がどこからか近づくと悪感が走ってわかる。オカマの方も矢張り生理的にそれがわかるらしく、ゲイバーの如きところへいっても、僕は必ずその内になんとなく煙たがられるし、外国でも、顕らかに僕の方が男性的魅力がある、と思われる友人と二人で並んでいても、その男の方は通りすがりの男色家に囁かれ、触れられたりするが、僕には絶対にない。ホモのメッカの一つパリのサンジュルマンデュプレで僕はそれを確信した。

で、その時も僕は訳もなくゾーっとしたのである。が、考えて見れば、相手は赤銅色のいいおっさんの漁師ではないか、よもや、というより、まず決してそんなことはないと思い直

して大いに肩を叩き合った。

その後散会して船へ戻ると、裕次郎とリクが、口々に、

「まいったまいった、あれにはまいった。とにかくこうしなだれかかって、はい、先生おビール、ね、あなた、ぐっとお空けになって」

「あのシャツにサインさせた若いのが横で動かないと、いやねえこの人、向うへいらっしゃいよ、とこう来ちゃうんだから」

思わず聞き咎め、

「それじゃあいつはやっぱり」

「そうですよ、三宅島大オカマ大会ですよ。俺最初石原さんに抱きついているのを見て、変だなと思ったんだ」

とリク。

どうやら衆目の一致するところ、三宅島にも赤銅色をしたホモがいたことになる。

そしてそれは、翌朝完全に証明された。

その夜、組合長の好意で前夜バースが足りずコックピットや床に寝ていたハッスル、トンチ、村木、五十嵐が組合の中の部屋に寝かしてもらったが、翌朝帰って来た四人が、乗船するなり、

「やばいやばい、あすこはやばいですよ」

「一体どうした」

ハッスルが答えていうに、

「あすこに一人、変な人がいるんですよ。気がつきませんでした」

「オカマだろう」

「そう。俺らがいったらちゃんと一人で床敷いてくれて、そのまま足元の方に坐って動かないの。蚊がいるなあていったら、すぐ蚊とり線香つけてくれてさ、なんだかでれでれして変だなあと思ってたら、その内、俺の床の中へ入って来て、いきなりパンツの中に手入れてさ、キン玉触られちゃったよ」

と来た。

これには一同、笑う前に、改めて慄然としていうことなし。

その夜遅く、昨日エンジンを直してくれた修理屋の若い衆が友人二人と酔っぱらって、酒を下げてヨットにやって来、またまたコックピットで酒盛りとなる。

彼らは酔うほどに、わが裕ちゃんとさしで酒を呑むのが嬉しくてたまらず、この前来た舟木はお高く全く近づけなかったの、前に来たアイジョージは知らん顔をして生意気だったの、それに比べて、裕ちゃんは話せる。ああ、こんなにして仲良くなれるなんて夢ではないかと、まことに素朴純情にはしゃぎ喜び、果ては、この上はどうしても、三宅島の青年代表として、石原兄弟を我らが穴場に案内したい、といい出した。

こちらは疲れているからかんべんしてもらったが、生来、穴場探検の好きな裕次郎とリクは、このままこの連中を船に置いてはみんな睡れまいと、犠牲のつもりで、ということで、深夜の三宅島探訪に出直していった。

挙句は朝四時近く、まだまだもっとと引きとめる彼らを、

「お前ら、俺と喧嘩やりてえのか」

と得意の台詞で凄んでふり切り帰って来たそうである。全く御苦労なことで。

彼らを送り出した後、何やら時折青白い光が夜空を染めるので、雷かと思って見たが雲一つない。断続してその閃光がある時は長くある時は短く、主に、北西の方向に輝く。後で聞くと、最近三宅周辺によくある現象で、どうやら地震に関係あることだけは確かだが、原因は学者が調査しても全くわからないそうな。

歴史の文献でも、昔大地震があった前後にはこうした現象があったと記されているそうである。

地震で地殻が動きこすれて電気が起り、空に向って放電でもしているのだろうか、なんとも無気味である。同じ閃光は翌日、式根に戻って中之浦に泊った夜も見えた。伊豆諸島一帯に最近多い地震と考え合わせ、何の前兆やらと薄気味悪い。

ともかく人間の知恵を越えた自然の力が巨きくうごめいている、という気がひしとする。そうした点今回のクルージングは、我が祖国の風土の本質的実態に少し実感的に触れたことで意味があった。正しく、日本列島は生き生きと活動中なのである。生き生きとしていないのは、その上に住んでいる人間の方だ。

翌朝、出港前の準備の間、高橋氏の案内で三宅島内の地所を廻って、気に入ったこの島に将来家を建てるつもりで正面に三本岳の見える辺りを千坪ほど買うことにした。千坪といっても東京近辺とは比べものにならない値段である。

「兄貴は気が早い」

と裕次郎はいったが、昨今の観光地の開け方を見れば少しくらい気が早くても追いつかない。この三宅島が八丈の如くに開けてくれないのを祈るや切である。

クルーザーの航行距離が一般にのびた最近、阿古港がもう少し整理されれば、三宅島は格好の目的地となるに違いない。知己の作曲家団伊玖磨氏は八丈にべた惚れで、僕にもぜひ近くに別荘を建てろとすすめてくれたが、行って見た八丈は南というだけで少々期待外れだった。式根にでも小屋を建てようかと思った時、三宅島という恋人に遭遇出来て幸せという他ない。

十二時、阿古港を出港。昨夜のみすぎて家へ帰る途中車をぶつけて手に怪我し、今日は休業だという漁師に見送られて港を離れる。

油壺を出た時と比べると、全員焼けに焼けてすっかり人相が変ってしまった。南西の風をアビームに、潮を計算して神津島の南端を目指してコースを引く。今日は快晴で湿度もなく、八丈を除いた伊豆七島がそれぞれオーバラップしながら鮮かに見える。

帰りはやって来た時ほど大きな潮目に会わずにすむ。潮の満ち引きに関係あるにしても、こうして見ると、海という奴はそれ自体生きて動いて、本当に不思議な相手だ。

しかし南西から来る潮流があり、神津南に引いたコースが、式根に着く頃には、式根の西端ぴっちりに収まってい、改めて海流の強さを覚らされる。

午後五時、式根着。センゾー爺さんに迎えられ、再度、中之浦に投錨。

親切な爺さんは、足の不便な中之浦から島の中央部への連絡に、我々が式根キャディラックと呼ぶ、ダイハツの小型三輪車を貸してくれる。それに人間を満載し、ツバキの木がトンネルのように覆いかぶさった細い道を飛ばすのは、一寸したスリルと風雅さがあって式根ならではの味である。

夜、再度、大挙してジナタ温泉に出かける。もう夏の盛りがすぎたか、それともウイークデイのせいか、温泉には誰もいない。これで月でも出ていると満点なのだが、時折頭上に光る例の、怪しい閃光を仰ぎながら、持参したビールと焼酎を汲み交し、いつまでもきりなく風呂に入る。全くこうしていると、都会の生活がいかに味気ないものかがひしひしとわかる。

温泉を出、マリちゃんの知り合いの小さな旅館でもらい水して体を洗ったが、僕一人がセイブしても他の連中が派手に水を使うのを見ると、水に乏しい式根島だけに一人はらはらする。それにしても、ここらの人たちは人間ずれしておらず、実に気持が暖かい。島というだけで、東京から二〇〇粁も離れていないこの辺りで、よくまあこんな人間がと思う。

その逆で、式根で東京辺りから来ている人間に会うとなんとはなし不愉快だ。帰りがけに寄った氷屋に、東京ものらしい若い学生風の男女が数人いて、入っていった僕の顔を見、「ああ、慎太郎さんだ」と気易くいう。弟が入ると、こちらは俳優のせいか「ああ裕次郎だ」と眼の前で呼びすてで、僕が、

「お前ら人の顔見て名前いう時は、さんぐらいつけろ。餓鬼だからといって、それくらいの図体して礼儀は知らぬではすまないぞ」と注意したが、もうふくれっ面だ。

氷を食べ引き払う時、どうも学生の態度ががまんならないので、ハッスルに、

「お前一人戸口のところで隠れていて、奴らのいうことを聞いていろ。もし何かと生意気な

ことをいったらすぐに報せろ。少し灸を据えてやるから」

いうとハッスルは、躍り上って、

「本当に、やっていいんですね。ああ、嬉しいな。胸がどきどきして来た」

いって踵《きびす》を返し、店の戸口にかがみ込んだ。

はたせるかな、我々が立ち去るとすぐに、連中は大きな口を叩いて何かいったらしく、

「この野郎、今なんていった」

とハッスルがどなって、戸を開けて中へ入った。

こっちはそれ来たと、

「なんだなんだ、どうした」

と引き返し、最初、

「あんな奴ら放っとけよ。腹をたてていたらきりがない」

などといっていた裕次郎が、面白半分、

「野郎、かっくらわせ」

などと叫んで顔を覗けるにいたって、不良学生どもはからきし元気なく、土間にへなへなと坐り込んで叩頭するのみ。唇が震えてものもいえない男にかわって、一緒にいた女の子が泣き声で詫びるに及んで、こちらも興ざめで踵を返した。実際この頃の若僧たちは、礼儀も

知らず、度胸もなく話にならない。国を憂うるもの、我一人ではあるまい。

しかし考えて見ると、真っ黒に陽焼けして、夜目にはなお黒く、裸にハッピ一枚着込んだだけの、どれも雲つくような大男。口も効けなくなるのは当然だったかも知れない。

しかしいずれにしても、ああした無礼な小僧は、その度怒ってやるのが、当人のため、世のため、国のためというものだ。

翌日十二時、式根を出発。明日のポイントレースさえ無ければ時間の許す限り航海をつづけるのだが、七月までの得点でトップにい、他からポイントで追われるもののつらさで、帰らざるを得ない。新島沖からスピンを張り、南西風に乗って快適なセイリングで一直線三崎に向って走る。大島沖で、大島飛行場で練習中の学生グライダーが美しく印象的だった。

「そうだなあ、グライダーもやって見たいなあ」

いう僕に、リクが、

「それじゃ、仕事する暇も、女の子の暇もなくなるでしょう」、と心配してくれるが。

日没直後、無事油壺入港。〈ロータス〉の関根氏が、

「なんだ、帰って来なくてもいいのに」

と声をかけるが、こちらは明日のレースのために泣き泣き帰って来た訳だ。

長い航海の後油壺の入口で帆を下し、機走に終った時の気持というのは、安堵と淡い追憶

◉コンテッサクルーと石原兄弟（前列の2人）。

こもごもの、ヨット乗りでなければわからぬ気持だろう。ああ、これでとうとう航海も終った。夏もこのままずぎていくのだなあ、という気がひしとする。

日野てる子の歌ではないが、後は〝夏の思い出が恋しくて〟である。

あの藍碧の海。白く巨きな波の砕ける人気ないブラックサンドビーチ、白昼夢の海岸を再び見るのはいつの日だろうか。帰って来て見ると、近いようで式根、三宅もはるかに遠いものに感じられるが。

アローハ、'66の夏よ！

クルー

ヨットにおける装備の中で、何が一番大切かといえば、装備といっては彼らに申し訳ないが、それはクルーである。どんなに性能のいい、どんなに金をかけた、どんなに船長のいい艇であろうと、クルーが良くなければ話にならない。その船を生かすも殺すも、クルー次第である。

〈Yachting〉のある号に「It is your crew that kills you.」というエッセイがあったが、その言やしかりで、オーナーやスキッパーやデザイナーが七転八倒したところで、その船を操るクルーがろくでもなければ、船の走り方もろくでもない。NORCのヨットを見ていると、もっともとうなずける船が大分あるような気がするが。

クルーといってもいろいろあって、ドラゴンや五・五級ならナンバーワン、フォアデッキマンと少数ですむが、オーシャンクルーザーともなるとそうはいかない。しかし人数が多くとも、全員一心同体が理想であることには変りない。

トランスパックやトランスアトランティック、タヒチレース等長いレースになって来ると、長時間のレースの間にクルーの顔ぶれによって船の士気がもり上ったり、低下したりすることが大いにある。

しかし眺めていると、船の性格によってその船に乗るクルーの顔ぶれも決って来るようだ。そして逆もまた真なりで、クルーによってその船全体の印象も決まって来る。

いずれにしろ、板子一枚下は地獄の海を、互いに命を託して走る間柄だから、何よりも気の合った同士でなくてはならない。

が、そう考えてみると、この世で本当に気のあった同士というのはなかなかいるものではない。

〈古鷹〉、〈ジョヴィアルファイヴ〉、〈キンパチ〉、〈ジューンブライド〉等、多人数のオーナー制の船があるが、そうした艇は、クルーということに関しては、当初から必要条件を満しているのだろう。

クルーといっても船が大きくなれば上はボースンから下はコック、更に見習いの補欠まである。僕の船も幸いクルーの数に恵まれていて、レースの度に誰と誰を乗せるかに苦労するが、所謂〈コンテッサ〉グループなるものが十数人いる。

〈コンテッサ〉グループも一世当時何にも知らずに旦那顔で乗っていた頃から、二世になって他から紹介されたクルーと一緒に一生懸命スキッパー修業に励んだ頃、そしてなんとかクルーに大きな顔でものがいえ、クルーの知らぬこと、出来ぬことは自分でやれるようになった今日この頃まで、いろいろ変って来た。

またその途中、第一回ホンコン・マニラレース、それに一昨年のトランスパック、そして今年のトランスパックと、臨時編成のゲストクルーも入れて、日本での常時メンバーとはかなり違う。

しかし総じていえることは、僕は甚だクルーに恵まれていると思う。日本でのいわゆるレギュラークルーに僕が求める絶対必要条件は、彼らが海に於いても陸に於いてもエピキュリアンである、ということだ。陸でつき合いにくい人間が海でつき合い易いわけはない。海に出てまでクルーに気を使うのは真っ平である。そんなクルーしかいないのなら、航海やレースをあきらめて、ずぶの素人のクルー候補生を訓練しながら、錨を下して船の上で過した方がまだいい。

〈コンテッサ〉は艇長がエピキュリアンだからクルーもその気風に馴染んでかその艇風をしたってか、なべてエピキュリアンが多い。平たくいえば遊び人である。

しかし、船の上での規律はまた別で、しめるところは勿論しめるし、しまるところは自ずとしまる。船に対する考え方も各人いろいろあって、ヨットを人生に於ける神聖な道場教室と考えるものもいて結構だが、僕としては年がら年中そう固いことはいわないだけである。海を享楽享受するということは、なにも船の上で肩をいからせなくても充分出来る。

ＮＯＲＣでも僕がつき合いの多い船のオーナーやクルーには同好の士が多いが、ある手合いから見ると、我々の所行はけしからぬということにもなるそうである。いつか、会員が一人もいない会、当人一人の某ヨットクラブの会長なる男が（当人の名刺にはそう刷ってあった）我々がトランスパックにいっている間に、あいつらは船の上にいつも酒と女を積んでけしからん、あんな奴らは本当のヨット乗りでない、と留守中の油壺へ来てほざいたそうだが、彼が本気でそう思っているのなら、その趣味の無さ、志の低さ、性の貧しさを憐むよりない。

ヨットに女性と酒なくして何の海の楽しみがあろうやである。レースではなかなかその暇もないが、クルージングに於いて、女性の伴侶とアルコールなき航海など、僕にとっては遭難の漂流に近いものでしかない。

僕の〈コンテッサ〉にはＮＯＲＣ唯一の女性会員である渡辺マリ子嬢がいて、彼女はクルージングに限らず荒天下のレースでも他の男性クルー同様に、健闘する。かつての〈早風〉〈ミヤ〉が遭難した初島レースでも、他の男の殆どが出来上ってグロッキーの中で、彼女は大して酔いもせず、マグロの並んだキャビンの中で、介抱整理に当っていたそうである。そうであるというのは、こちらはコックピットで荒天下の作業に必死で中の様子どころではなかった。中にいた他のクルーにいわせると、その時ほど彼女が憎らしく見えたことはなかったそうだ。

彼女のヨット歴は可成り古く、新参のクルーなど、彼女に軽くたしなめられ、顎で使われるところから、「コンテッサ数え唄」の中では、花の少女マリの別名は「ゴジンヌー夫人」ということになっている。〈月光〉の久保田艇長あたりはマリちゃんを評価することはしきりで、いつかはプロ野球のストーヴリーグの如く、トレードを申し込まれたが、トランスパックの仲間だった〈月光〉のボースン清水の栄ちゃんとならということで条件を切り返し、遂にこの大物トレードは成立しなかった。僕としては一寸やそっとの交換では、この稀少価値ある同時に甚だ有能なクルーを手放す訳にはいかない。

ちなみに彼女はヨットではあきたらず、今年オーストラリヤで行なわれている海上大学に願書を提出中で、そのための資金づくりに只今タッパウェアのセールスマンとして、NORC会員を個別訪問中である。

女性のクルーは男子と違って矢張り小さなところに神経がいきとどき、例えば掃除、料理、部品の整備などという時は甚だ貴重である。僕はマリちゃんを有した経験からして、ゲストではない、専属のレギュラークルーとして女性を登用することを各艇のオーナーに献言したい。

尤も、ただ一つ女性クルーの存在が支障になることがある。即ちヨットの長旅でつきもののウォッチにおける猥談が、女性クルーを前にしては出来ない。彼女たちだって聞きたがっているよ、という声もあるが、この判断はエチケット感覚の問題である。

クルーにも所謂プロのペイクルーがある。アメリカ辺りでは七〇尺、八〇尺をこす船だと、一人か二人プロフェッショナルクルーがレースのリストに登録されている。大体はコックだそうだが、中にはナビゲーター或いはヘルムスマンも賃金をもらってのプロがいる。日本にもなしくずしの形で、港で船の面倒を見ている連中が雇われて乗っていくという場合もあるが、僕は余りそうしたクルーを好まないし、そんなチームでレースにいい成績をおさめられることはないような気がする。

プロではないが、昔はよくよせ集めで、人から人を介してレース前日、互いに見知らぬ顔ぶれで人数を揃えて出ていくようなことがあった。しかし、それで旨くいくことは殆どない。矢張りクルーは気心の知れた、いざという時に一心同体になれる仲間でないとレースにならない。荒天下の非常事態に、大声で叫ばなくてもツーカーで敏速に対処できるコンビネーションというのは、当り前の話だが、一朝一夕には出来るものではあるまい。

クルーの養成も艇長にとっては大事な仕事で、社会人同士だと暇な時間が旨く合わず、学生ばかりに頼っていると、卒業して駄目になる。

　こうヨットがふえて来ると、クルーに関しても人間不足で、なかなか使えるクルーを充分な数を揃えるということもむつかしくなった。しかし世間にはヨットに乗りたくてむずむずしている若者たちが大勢いることも事実で、僕のところなぞ時折、見ず知らずの人間からクルーにしてくれという手紙が来る。殆どずぶの素人だが、会ってみていいものも駄目なものもいる。中には僕の船に合わなくても、他の船ならつとまる、という手合いもいる。今一人、僕の船でそうした志願者が二等水兵として勉強中だが、そうした潜在的クルー志願者は案外多いのではなかろうか。

　見た目の派手さに憧れて、乗ってはみたがつらくて尻っ尾をまいて逃げる手合いも多いが、同時に、優れた資質のある連中もいるに違いない。クルーの供給を、大学のクラブ等にのみ仰ぐことなく、ＮＯＲＣあたりで正式にそうした募集告示を出し、それで集まった連中を、例のクルーザー教室のような機関で訓練し、希みの船に配属してはどうだろうか。クルーがいさえすればレースにも出るのに、という艇が、いくつもあるのだから。

　ヨットのクルーの資格条件もいろいろあるだろうが、僕なりに今までクルーと起居をともにしてきた経験だと、ヨットのクルーに絶対に適さない性格がいくつかある。その中の最も大きな一つは、格好をつけるのが好きな人間、つまりポーズ屋、自意識過剰型の人間は駄目だ。

ヨットの競技では、ただのクルージングにおいてすら、スタンドプレーというものはあり得ない。たとえば、何かの折、誰かが何か非常に危険な作業を行なわなくてはならぬ時でも、その蔭には必ず他の仲間の支えが要る。何かで人よりも目立とうとする人間はヨットの生活には不適格である。

僕のクルーに一人、とても愛想のいい、とても感じのいい青年がいた。何をやっても一応器用で運動神経も優れて他のスポーツは何でも上手だったが、ヨットには向かず、遂に自らあきらめて船を下りていった。

彼にとっては、船に酔うということがまず、他のクルーに対しての劣等感や優越感の大きなきめてともなっていたようだ。だから早く酔ってカッコ悪くなるまいとして、余計な神経を使い、結局そのためにいつも酔った。

彼がいつも口ぐせにしていたのは、いつになったら一人前のヘルムスマンになれるかということで、彼にとっては船に乗って舵をひかなければ、ヨットは全く意味のないことだったようだ。真昼の葉山スタートで見送りの多い大島レースに、どうしても乗せて欲しいと懇願するので、余りの熱心さにほだされて他の補欠を置いて乗せると、スタートの時、一番目立つバウのパルピットで陸の見送りのガールフレンドに手をふり、スタート直後、名島を越える頃にはもう酔い出して、そのままゴールまでグロッキーで動けず、などということがあった。スタンドプレーも、他のスポーツでは通用し、それが効力ある時もあるが、ヨットには通用しない。

ヨットほど眼には見えぬが、微妙な、徹底したチームワークを要求されるスポーツはない。出来上り酔っぱらい、ゲロだらけになっても働くべき時にはなんとしてでも働く人間でないと、他のクルーが迷惑するだけだ。その分だけ船の速度も落ちる。

あきっぽい人間にもヨットは適さない。あきっぽいのと短気とは違う。私はひどい短気だが、船に乗っていて、また或いは船の整備に、例えば一日中ペーパーかけをしていてもあきはしない。ヨットであきるということは、船や海に対する愛情の問題かも知れない。女房と同じで、好きでもないのに長いつき合いの出来る訳はない。

〈コンテッサ〉のゲストクルーの一人岡本豊さんが、大凪ぎの海で、照りつける太陽の下でウォッチの間中、数時間、文句もいわずに一人で他のいやがる凪ぎ舵をじっとひいているのを見る度、僕は、ああこれが本当のヨット屋だなと思う。だから順風の追手で、船がプレイニングしている時の舵をうっかり代ろう、などといおうものなら、もの凄い眼で見返される。あのはにかみ屋の豊さんがあんな眼をする時は他にはない。彼が飯のために代っていた舵も、食後の一服もあるだろうと一寸渡し遅れると、彼の顔はたちまち不快極りないものとなる。

どの船でもオーナーや艇長はクルーの養成に気を配っていることとは思うが、クルーに贅沢させすぎて彼らをスポイルするのも危険である。いつも大ばんふるまいし、金を費いすぎるオーナーの船は不思議に成績はよくない。よきクルーは、絶対に金では出来上らないことを知るべきである。

オーナーが乗船せず、クルーだけが出るというレースのための回航を、クルーがせずに雇われたセミプロが法外な料金でうけ負ってやった、などという話を時々聞くが、人ごとながら、どこかが狂っているような気がしてならない。

船によっては甚だデモクラティックでスキッパーから二等水兵までの待遇が全く同じなどというのもあるが、それも結果は好ましいものではないと思う。僕も初めの頃はそうしていたが、すぐに気がついて止め、以来ある種の階位制度を敷いた。つまりことヨットに関してはスキッパーの権限命令は絶対であって、以下その権力の度合いは、階位順になっている。小さい現われとして、飯の順、飲む順も違って来る。時には飲む酒の質も違う。

初めの頃、〈潮風〉あたりで、学生のクルーは酒もろくに飲ましてもらえず、幹部のうるさい連中だけが飲んでいい調子で気炎を上げているのを見て、ひどく不公平な気がしたが、それでいいのだ。学生あたりが分際も考えずに高い酒を勝手に飲んでいい気持になるようでは、船を下りた他所での生活のしめしにもなるまい。必要以上にいじめていびることはよくないが、船における階位制度は絶対に必要である。新しいオーナーはなんとなく心細くてそれをとり違え易いが、年経てみると、自ずとわかって来ることだ。

だから新参のままずっと二等水兵だったクルーが、やっと次の新入りが出来て一階位昇進した時の嬉しさというものは、また格別のようだ。つまりヨットの上でやっと初めて他の誰かに大きな顔が出来るようになったということがまた、別の新しい自信をつけさせることにもなる。昔はそうした昇進のチャンスがなかなかなかなかったが、最近のブームでは、一寸の辛棒でじきに昇格出来るようだ。必然、階位制度も以前にまして厳密にすべきと思われる。そしてまた、気心のあった一心同体となり得るクルーも、それで初めて生れ得るものと僕は思う。

階位制度などという息苦しい言葉を持ち出しては来たが、ヨットのクルーは要するに仲のよい友人に違いないし、またそうでなくては困る。そこが、海軍とは違うところだ。階位制度があり、且つ、仲のよい友人、というつき合いは極めてむつかしい。つまり、それこそチームプレイのつき合いということだろう。破目を外すとき一緒に外せないとすると、これまた固苦しく、味気ない。その兼ね合いをよく承知していて、呼吸のぴったり合うクルーでの長い航海ほど楽しいものはない。

クルーも、プロのクルーから、以前'63トランスパック「大いなる海へ」で書いた「ボレロ」のアニー・アスターのように、女一人で他は自分の情人たちばかりというチームもあるし、トランスパックのスタート一週間ほど前、カルフォルニアで応募して若い女性ばかりのクルーでロスからホノルルを目指し、途中わざと道草くって遅れすぎ、遭難かと大騒がせした、うらやましいヨットの例もある。人の好み、能力によって組み合わせもいろいろ違って来る。

僕の夢、優れたヨットマンで、且つ、気の合った友人四、五人と、それぞれの女友だちとが組み、南太平洋を素っ裸で遠く長く航海して廻る。そうして、ある地点までくれば女たちは故国に返し、男たちだけの航海に変り、またある地点へくれば、異性のクルーが乗り込んで来る――。

そんなクルーの編成で南太平洋を航海が出来ればたまらないだろうな、と夜一人で考えるだけでもたまらない。――矢張り夢か!

リオにいた時、ヨットクラブで知り合った在ブラジルのベンツの幹部の一人であるドイツ人が、彼の持ち船の六〇フィートのヨールでクルージングに誘ってくれた。

港を出発して後、スキッパーたるその男が、他のゲストや友人のクルーに命令して、ひとつみんなで陽を浴びながら素っ裸になろうじゃないかという。

いいつつ、メンバーとそのミストレスは裸となった。僕もメインゲストとしてそれにならってシャツとショートパンツを脱いだのだが、僕の連れのブラジル女性や他の連中がもじもじし、互いに眼をそらし合って従わない。こっちはばつが悪くて、一度脱いだものをバウのもの蔭ではき直したが、その格好のサマにならなかったことおびただしい。

乱痴気のカーニバルをやるキャリオカたちだが、北欧のヨーロッパ人のヌード趣味にはついていけないらしい。スキッパーはスキッパーでそんなみんなに腹をたて、もうこいつらとは一緒に船に乗らないなどといきまきだし、僕と彼のミストレスが、しきりに彼をとりなしたものだったが。

これなども、特殊の目的あるクルージングに、ゲストクルーの人選を誤ったことになる。

その点では、六三年のトランスパックのクルーは、殆どがゲストクルーだったが、チームワークという点では抜群ともいえた。

〈コンテッサ〉のレギュラークルーは石川一人だけ、他はセミレギュラーの田中ドコドン、そしていわば、レギュラリイ・ゲストクルーの豊さん、この三人は一緒に前年のホンコン・マニラに出ている。加えて、〈ダモイ〉のスキッパーの福吉ジューイ、〈マヤ〉のオーナースキッパー市川源、〈月光〉のボースン清水栄ちゃん、そしてアメリカの友人、ジョー・ミラー。

それぞれの性格が全く違っていたが、それが互いに実に旨くくみ合って、レース前、レース中、レース後チームワークとしてはいろいろな点で全く旨く行った。(詳しくは拙著「星と舵」を参照されたい)出来得れば、いつかのトランスパックでもう一度、全く同じクルーで出かけたいくらいだ。

長い航海の際、クルーの中に欠くことの出来ないものは、優れたシーマンシップの持ち主、よきヘルムスマン、よきナビゲーターはいうには及ばないが、それにも劣らず、よきコック、そしてよきエンターテイナーである。

ヨットに於けるエンターテイナーの果す意味合いは極めて大きい。一人に限らない。エンターテイナーの素質あるクルーが多ければ多いほど航海は楽しくなる。しかしまた、中に誰か、全くそうした性格に関しては、シラフの人間がいなくてはならない。そこらが、クルーの編成のむつかしいところだが。

〈コンテッサ〉のクルーの中に通称リク、本名鈴木陸三という若いクルーがいる。数いるクルーの中で、彼はいわゆる素人上りで、以前にヨットの経験は僅かもなかった。友人だったあるクルーの紹介で何人か入って来た新入りの中で、三年たってやっと一人前になった男だが、彼の〈コンテッサ〉に於ける最も重要な役割りはエンターテイナーである。パーティー部長ともいう。

レースや航海の間、暇にまかせて駄洒落や冗談をよくいうが、リクのそれは卓抜してい、甚だソフィスティケィテッドである。

彼がふざける時だけではなく緊張した時、時化にしごかれて音を上げる時のいずれもが、たくまざるユーモアを含んでいて、一緒にいるものの気持をリラックスさせる。いうなれば天性のエンターテイナーというべきか。

本人の名誉のためにいうが、エンターテイナーとは決して三枚目の道化ではない。リクは本人が自認する短軀胴長に眼をつむれば、いわゆる現代風の二枚目である。僕の友人の、ブロードウェイのプロデューサーが日本へ来て、僕の芝居のはね後、観劇にやって来たクルーたちと一緒に飯を食った時、一時間一緒にいた後リクのことを、「彼は非常に強いパーソナリティを持っている。実に面白い人物だ」といっていた。会話の意味は通じないでも、ショービジネスの専門家にはそれがよくわかるのだ。

優能なヘルムスマンも必要だが、こうしたクルーも大切で、彼が登場して以来、〈コンテッサ〉のクルー全体の雰囲気がなんとなく変って来た。彼にいわせると、リクペースである。先日、彼の実兄が遊びにやって来てデイクルージングに乗込み、弟のリクが立派なクルーになっていたのに驚いていたが、今では下に部下も出来て、そろそろ中堅である。

僕も、一寸したデイクルージングでも、彼が乗っていないとなんとはなくもの足りない。今年のトランスパックにはメンバーの一人として参加するが、彼との太平洋の長旅で、彼がどんなエンターテイナーぶりを発揮することか。

先日の三宅島レースで、体調不振のボースンの謙ちゃんが昼食のソーセイジに当って珍しく吐いた時も、リクが正直に声を挙げて喜んだ。日頃しごかれている鬼のボースンが青くなったのだから、借りを返したみたいな気持だろうが、これを他のクルーがいっても厭味で、参っている方も頭に来るが、相手が彼だと苦笑いで強気の冗談もいい返している間に、本人も気分が早く直ってしまう。人柄である。

しかし総じてみるに、冗談をよくいい、エンターテイナーの資格充分なクルーは、他と比べて頑張りが効き根性があって優秀なのが多い。

前トランスパックチームの、福吉ジューイさんにしろ、田中ドコドンにしろ会話にたくまぬユーモアがあって、同僚としては実にともにあって愉快だし、且つ、クルーとして信頼に足る。

しかしまた、そんな連中ばかりが揃うと、いつかのトランスパックで天測をなまけている間に赤道を越えてしまい、面倒なのでタヒチへいってしまった、何とかいうヨットみたいに

◉限られた時間の中で、兄弟で外洋レースに挑戦した。幼い時からヨットに親しんだ2人にとって海はまさに心の故郷である。

なりかねない。

そこで、クルーをしめる、または、ゆるめるところはゆるめて遊ばせる、その勘どころをよく心得たボースンが大事なものとなる。

クルーの数の少ない船は別だが、多い船だと、スキッパーとボースンの役割りははっきりと違って来る。本船並みだ。スキッパーが余り口出しするより、ボースンにまかした方が仕事の能率が上り、統制がきちんととれることが多い。

わが艇のボースンは前述の、通称ケンチャン、または鬼ケン、本名山本謙一。

このボースンはなかなかこわい。並の貫禄と違う。

〈潮風〉一家の一番うるさい高正氏あたりが、NORCの総会で初めて一眼見て、「あれはただものじゃない。一体どこの誰だ」と一目置いてしまったそうである。現在は日本JCの大幹部だが、遠い昔に、伊達に慶応を中途でおん出たのではない。別の役職が、「元祖会」の会長。元祖会とは小生の小説「太陽の季節」の後、自ら太陽族の元祖なりと称する、かつて僕に、悪い遊びを教え込み、さらにそれを上廻る行状の数々を黙ってさんざん見せつけてくれた弟とその友人の悪童たちの結社の名である。

彼にじろりと睨まれると、眼の置きどころが無くなるほどガンが効く。体つきも最近でっぷりして典型的ボースンタイプ。知らない土地でも彼がサングラスをかけて道にたっていると、通りすがりのチンピラが会釈して通る。いつか下田で上陸した時、ポン引きの、自称東声会だか錦政会だとかいうやくざ者が、逆にからかわれて、行くたび、彼のことを、兄貴兄貴としきりにたてるようになった。

クルーの個人的面倒も実によくみる。葉山の老舗「かぎや」の若旦那でもあるから、客のすいている時は、空部屋にクルーをごろごろさせてもおく。酒は飲まないが麻雀と野球とあっちの方は名人だから、陸に上ってもクルーは頭が上らないようだ。

商売が商売だし自分も昔遊んでいるし、人間を見ぬくのが早く、クルーがいくらスキッパーの前ではいい顔していて、こっちもだまされていても、あの人間はこう、あれはこうと、後で報告してくれるが、それがちゃんと当っている。

こいつは〈コンテッサ〉の二世の方で勉強させて、あいつは今度は一つ、小さい一世に乗せてレースに出させせて実力をつけさせせようとか、レースのない時は、自分が陸からモーターボートで見ながら、初心のクルーにJOGの一世のフィッティングから出港、セイリング、タックのタイミング、舫い方まで練習させている。

大型艇のチームワークの要領は、力ある良きボースンを早く作ることだともいえる。

たとえかりに、手が足りず他から人を借りて来たとしても、ボースンがしっかりしていれば、クルー間の統制は乱れない。

だから時によって、大事な時クルーがへまをすれば、ボースンから一つ二つ殴られることもあるべきで、そのビンタにこだわるようでは統制あるクルーとはいえない。板子一枚下が地獄ということを考えれば、当り前な話である。僕の船でも、もし僕がクルーを殴ればいわば最終事態に近いが、ボースンにやられる分にはみんな後で笑って頭をかいてすませる。

ボースンにも二通りあって、ケンチャン型ともう一つ、〈月光〉の清水栄ちゃんのように、黙々と一人で何でもやってしまって、クルーは黙って見習わせるタイプがある。これも艇長としては心強い。いずれにしてもボースンたる人間は、シーマンシップだけでなく、他のいろいろな実力と貫禄で、ヨットという小さなコミュニティの中で、社会人としても他に対してしめしがつかなくては駄目だ。


クルーの中で、もう一つ大事なのはコックである。コックの不作は航海を惨憺たるものにしてしまう。縁の下の力もちといえばこれほど隠れた重要なポストもない。特に日本のように船用の糧食が完備しておらず、且つ、始終波の荒い海では、腕のいいコックの価値は他国にまして数等上だ。

コックの腕というのは、まず第一に、船に強いこと。これは絶対必要条件、時化て来るとただ飯を焚くというだけのことが大仕事となる。時化がつづいてみんな出来上りかけ、なんとか舵だけは操っているが、二日目三日目、もう罐詰やビスケットには飽きて、ただただ熱い飯が食いたいという時、飯さえ焚き上げれば、後は海の水で握った握り飯でも美味い。それを食えば思いがけぬほど新しい力も出る。

僕は船のことはよく知らないから今度の航海はコックを引き受けます、などというゲストがよくいるが、陸の上でいくら素人料理の腕がよくても、船では話が違って来る。ピッチング、ローリングする船の狭いキッチンで、ジンバルを手でおさえながら煮もの焼きものするのはただごとではない。特攻精神で飯だけ焚いたが、飯が出来てみんながむさぼり食っている時、当人だけがのびてしまっているというのはよくある。

これが我が田中ドコドンあたりになると、かぶる船の中で、自分は出来上って吐きながらも、実にこまごま、誰かが食べた後とっておいたオレンジの皮をミジン切りに刻んで香りをつけたドレッシングのかかったサラダからハムステーキまでのフルコースを作ってくれる。パンが無くなると、誰かが食べかけて捨てたパン屑から酵母をおこしてメリケン粉に混ぜ、パンまで焼いてしまう。ちなみに彼はアメリカ留学中、料理の勉強に来ていた四谷のステーキハウス「フランクス」の社長のフランク榊原と一緒のアパートにいて、彼から料理のちくいち、鍋のない時フライパンで飯を焚く方法まで習ったそうである。

僕も店の株主の一人だから大きい声ではいえないが、「高級レストランフランクス」のステーキディナーより、ドコドンのヨットディナーの方が、僕にははるかに美味に思われる。長い航海での食事はその航海の成功不成功を決める大きな鍵に違いない。コックの役割が果すものは実に大きい。

だから本船でも料理人というのはいわば無冠の帝王であって、コックにつむじを曲げられたら船長でもお手上げである。

一昨年のプレオリンピックで、フライングダッチマンの観戦にコミッティボートになっていたフリゲート艦に乗り込んだことがある。未熟というより、殆ど初めてダッチマンに乗った日本チームが惨敗するのは当り前だったが、勝負にならないレースを見るのはよほどの辛棒が要り、さりとてすぐに下船する訳にもいかず、後半は甲板の辺りをうろうろしていたが、ふとある扉の中を覗くとそこが厨房で、若い威勢のよさそうなコックが二人、丁度夕飯のための豚汁を大鍋でぐつぐつ煮ている。刻んだねぎを景気よく放り込んで大さじで混ぜると、たまらない匂いが鼻をつく。

覗いたまま、

「旨そうだなあ」

というと、向うもにやりとした。

「一寸俺に一杯ご馳走してくれないか。外は寒いし、日本は負けてるし」

「どうぞどうぞ」

という訳でコックは大きなどんぶりに、一杯出来たこの豚汁をよそってさし出した。

「艦長より先に頂いて悪いな」

いいながら箸をつけると、これがまたなかなか旨い。いい気持ですすっているところへ通りかかった士官がひょいと中を覗いた。

こっちもびっくりしたが、向うも驚いたようだ。なにしろ全くの部外者が、無断で、しかも時間外に飯を（汁をか）食っているのだから。

こっちもばつが悪く、

「やあ、どうも」

と頭を下げると、向うも中を見廻して、どんな気配を察してか、

「どうも」

と、にやりと笑って黙ってすぎていった。その後、コックに、

「大丈夫かね、後で君ら叱られやしないかい」

訊ねると、平然たるものだ。

「大丈夫、大丈夫。あんな奴らにガタガタいわれる筋はねえ。もしいいやがったら、あいつに草履食わしてやるよ」

これこそ船に於けるコックの隠然たる勢力を示す自信である。全く、草履とまでいかなくても、他のクルーは盛られた飯の盛りが少なくて、泣かされる弱身はたしかにあるのだから。

クルーザーの飯というと、昔はチキンラーメンか、飯にライスカレー、それに例の牛肉の大和煮、ラッキョウに梅干し、のり、といったところだったが、この頃では各艇なかなか贅沢なものになった。一度、レースではなくヨット料理のコンテストでもやったらどうだろう。わが〈コンテッサ〉としても自信あるメニューを出品する用意はある。

僕は、各艇で一体誰が主にコックを担当しているかに甚だ興味がある。その艇に長くいて、俺がコックだ、という人間がいたら、そのクルーは必ずや優秀なヨットマンである。

日本でも、コックの労を少なくし、艇での食事をより楽しくするために、舶用の糧食にもっともっと工夫と変化がほしいものだ。

クルーの中にはボースン、コック、ヘルムスマン、機関員といろいろいるが、ナビゲーターが決まっている船は数少ない、というより、正確な意味でのナビゲーターは、NORCに一体何人いるだろうか。

今日NORC会員の数が何百人になったかは知らないが、天測航法の出来る人は、多分、五〇人はいないだろう。セクスタントを積んでいる船は何隻もあるまい。天測は近海で必要ない、といえばいえるが、しかし一人前のヨット乗りなら、天測法ぐらいは知っていて然るべきと思う。

というよりその以前に、果して正確にチャートを読める人間が一体何人いるだろう。ヨット界の旧人より、むしろ最近のクルーザー教室から育って来た新人の方が、そうしたことについては正確な知識をもっているようだ。舵引きでは名人クラスの大先輩たちでも、知っているのは舵引きだけで、この色のブイはどちら側を通ったらいいのか、この印しの灯台はどんな光を発するのか、きちんと知っている人間は少ない。大てい、なあにブイのどちらを通ったって、ヨットのドラフトじゃ知れているから大丈夫だということになるが、見知らぬ海では、それでは通らない。いや、通れない。知らない海では、なんとかなるだろう、多分大丈夫だろう、ということは絶対にない。

モールスまでいかなくとも、手旗ぐらいは知ってるべきで、僕は今になり、戦争中折角得た知識を戦後二十年間に喪ってしまったのが惜しくてしかたがない。スキッパーが手旗をふるのも妙だから、若いクルーに覚えろというが、どうも戦争中のように精神棒かビンタで脅かされないと覚えが悪い。

いい加減に覚えて、海でいき合った巡視船や海上自衛艦に手旗を送ったりすると、向うから長文の返事が来、てんで読めないのでみんなばつが悪く、ピットにしゃがんだり、キャビンに逃げ込んだりして形がない。

手旗に関して僕の知識は三分の二くらいだが、それでも、互いに親しい人間同士の、例えば岡本豊さんあたりだと、クルージングにいって船と陸で、「サケマダアッタカ」、「ナイカッテコイ」、「ビール　ウイスキー　ニホンシュハ」「ニホンシュイラヌ」ぐらいの必要事項は、さらさらと送信し、判読出来るから妙である。


外洋ヨットはこの先どれだけ発展するかわからず、その度、現地でナビゲーターを雇うのは恥しい。天測ぐらいの出来るナビゲーターを各艇養成すべきである。

僕も荷の重い、神経ばかり使って休まらないスキッパーより、セクスタント一つ下げてのナビゲーターで、他の船に乗り込んで国際レースに出た方が気軽だし、第一、粋というものである。

外国のレースでお前の役は何か、と訊ね合い、ナビゲーターと答えると、一応ふうんという顔をするところを見ると、ヨッティングのメッカアメリカでも、セクスタントを扱うのは厄介な仕事の一つのようだ。

四　彼女の名は

「コンテッサ」

ヨットの名前というのはオーナーが、おのおの智恵を絞り、思い出をたぐりして、或いは世の親が子供に命名するとき以上の熱意でつけたものに違いない。

だからどの船を眺めても、その名がその船にいかにもぴったりして見える。洒落た名前、泣かせる名前、うまい名前、とにかくいい名前が多い。これに比べると人間の名前など、おしなべて味気なく、名前がよくても当人がごくつまらなかったりする。

私はタクシーに乗ると、手持ち無沙汰のまま、運転手のネームプレートを見、運転手当人の顔を見比べてみるが、タクシードライバーに限っても、人の名前なんぞつまらないし、相手の人間もつまらない。いつか、かつての八幡船《ばはんせん》の侍大将みたいな、大時代な威勢のいい名前に出くわしたが、当人は世帯やつれした精気のない親父でがっかりした。

私は自分の小説の中で登場人物の名前を考えるのがひどく面倒なたちで、いつも友人の名前や、手元の雑誌の目次を開いて執筆者の名前を組み合わせたり崩したりする。男はそれでもいいが、女が厄介だ。考えたつもりでも結局、いつも同じような名前になる。私の作品を幾つか映画化した、或るプロデューサーの発見だと、私の小説に出てくる女は、それぞれ字は違っても、ヨウコという名前が多いそうである。

「昔、ヨウコという女とよほど何かあったんでしょう」

と彼は言ったが、そんな思い出もない。

この間ある小説に、知人の女性の名前を思い出して使ったら、その女性の友人が彼女に「あんた、石原さんと関係あったのね」と言ったそうである。劇場パーティーで会った彼女からそんな苦情をもらった。

「なにも秘さなくていいじゃないか」と、冗談に答えたら、丁度その時、二人の後に彼女の亭主がいた。それが日本語のわかる嫉妬深いイタリヤ人だったので、その場の空気が険悪になった。

作家によっては登場人物、特にヒロインの名には、ひどくこる手合いがいるが、こればこるほど、ホステスの源氏名みたいになるから妙である。

私は、作中人物の名前には興味がないが、作品の中に出てくる船や他の乗りもの、例えばレーシングカー、オートバイ、飛行機等の名前を考えるのは好きだ。

小説を書き出す前、子供の頃、ディンギーやシーホースに乗っていた時分も、弟と言い争ってヨットの名をつけた。

ディンギーは最初「ダンディ」、次に「ベラミ」、これはモーパッサンの同名の小説ではなく、彼の傑作である地中海紀行記「水の上」に出てくる彼のヨットの名前を借りた。

その頃。鐙摺《あぶずり》のハーバーで見た、まだ数少なかったクルーザーや大型モーターボートの名前が、いまでも鮮かに記憶に残っている。

十五、六年も前だが、その頃葉山に、亡くなった巴工業の山口さん（父君）所有のワンテン級のデザインを改装したレイクボートがあった。

純白の細長い優雅な姿態を、いつもクレードルの上に仰いで倦きなかったが、その彼女が年に一度か二度、北東風の波だたぬ逗子港を軽やかに走っているのを眺めて、弟と二人長歎息したものだ。

その純白な貴族的プロフィルが印象鮮かで、彼女は僕らにとって、丁度プルウストが「失われし時を求めて」の中で、憧れて描いたゲルマント公爵夫人に通うものがあった。で、僕ら兄弟は秘かに彼女を「伯爵夫人」と呼んだのだ。彼女の実際の名は「フライング・フィッシュ」という、ごく平凡なものであった。

現実というものは大方そんなものだが。

◉コンテッサⅢは、こだわりを重んじて兄弟でトコトン話し合って作っていった（横浜岡本造船所にて）。

◉21フィートのコンテッサ一世から始まって、35フィートコンテッサ二世、ホノルルに係留しているのがトランスパックで活躍した40フィートの三世である。

私がいまの所有艇に「コンテッサ」とつけたのは、そうした幼い頃の思い出に通ういきさつがある。

しかし他人の詮索となると「あれはエヴァ・ガードナーの〝裸足の伯爵夫人〟からとったのだろう」とか、まあ、ここまでは許せるが、ひどいのは、この頃出だした日野自動車のコンテッサなる安っぽい自動車からのヒントだろうということになる。

日野のあの車の名前については、内輪話があって、私の大学時代の友人に、その後、日野自動車に勤め宣伝部に入った男がいる。彼がある夏、私のヨット「コンテッサ一世」に乗せたところ、ヨットの爽快さにいたく感激し、同時に、その素晴しいヨットにつけられた「コンテッサ」という名前に感心して帰った。

しばらくして日野の新車が出る頃、その男から電話がかかって、「お前のヨットの名をかりた」と言う。

そこで誕生した陸の「伯爵夫人」が、あの車である。どうも私の艇へのイメージを損うこと甚しい。

私としては世の誤解を受けるたびに、よほど名前を変えようかと思ったが、後から来た奴のためにこちらの看板を外すのがしゃくなのと、矢張りこの名前に愛着があり、容易にその気になれない。ちなみに二十一フィートJOGの一世から始まって、油壺にある三十六フィートスループが二世、トランスパック用にホノルルに置いてある四十フィートスループが三世、鐙摺ハーバーにあるフィンが五世である。もう一つウォータースキー用のモーターボートを一段格下って「コンテッシーナ」（伯爵令嬢）とした。

私がもし大金持ちだったら

アメリカ人のスノビズムは、エヴァ・ガードナー主演の「裸足の伯爵夫人」なる珍妙なる映画を作り出して、ヨーロッパのスノッブたちの失笑を買ったが、彼らはおよそアリストクラシー（貴族制）なるものに敏感でトランスパックへ「伯爵夫人」三世を持っていった私は方々のパーティーで、特に女性から「あなたのヨットはどうしてコンテッサと言うのか」と訊ねられた。

その度、私はすまして、

「私の祖母は伯爵夫人でした。彼女は私をとっても可愛がってくれたので、その思い出につけたのです。もっとも、いまの日本には幸か不幸か、爵位はなくなってしまいましたがね」

と答えることにした。

その反応たるやてき面で、彼女たちの表面に現われる疑惑と羨望の入り混った表情を眺めて、にやにやしているのも悪いものではない。冗談を信じ切った相手から、改めてお茶や晩餐へ招待を受けたことも一度、二度ではない。

私は当分、特にアメリカでは「コンテッサ」の後裔たることを通すつもりでいる。

私がもし大金持ちだったら、次から次へ船を作ってそれに気に入った名前をつける道楽でもしてみたい。将来私が艇を作っても、果してそれにするかどうかわからぬが、自分用にストックしてある名前がいくつかある。他に盗まれるといけないから公表は出来ないが、秘かに自分一人でその名を暖めているだけでも楽しいものだ。

一度、ある人にモータークルーザーの命名をたのまれて、同じ貴族の位の中からとって、我が伯爵家より下の「バロン」（男爵）とつけた。考えてみると、昔、家にいた大きなシェパードの名前もそうで、あれは死んだ父の命名だったが。とすると親子共通の趣味？　があったという訳か。

もっとも、我が家の祖は、宇和島藩の、名人と言われた弓の指南番だが、爵位には関係ない。

自分の船につけたい、と思っていた名前と同じ名の船を外国で見た時は、一寸いい気持で内心ニヤリとする。前回のトランスパックで、実に二つ、それがあった。一つはアメリカでも指折りの富豪ボーデム・ボードウィン所有の「オデッセイ」、もう一つは、ハルがすべてグラスファイバーのバミューダ40型の「ティアリ」。ホメロス描くところの放浪の武将オデッセイについて言う必要はないが、ティアリとは、ヨット乗りの憧れの地、タヒチ、ボラボラのある南太平洋のポリネシヤンの言葉で、「花」或いは「花のような乙女」という意味である。タヒチにいって帰って来たら、日本でひとつこの名前をつけ、訳を訊かれたら思い出話をこめて一席ぶって、相手をうらやましがらせてやろうと思っていたが、すでに先人があったという訳だ。「ティアリ」のオーナーに質したら、トランスパックの後、この冬にこの艇でタヒチにいくとのこと。「畜生奴！」と言わなくてはならぬのは、こちらのことになってしまった。

訳のわからぬ船の名の、訳や由来を訊ねるのも楽しいものだ。

トランスパックに「イチバン」、「コイマツ」という日本語らしい名の船があった。「イチバン」はわかるが、「コイマツ」の意味を質すと、オーナーはまずニヤリと笑って、片目をつむってみせる。

「お前、九州の福岡を知っているか」

「勿論、知っている」

「いったことあるか」

「あるさ」

「福岡で、一番チャーミングな芸者がだれだか知っているか」

そこまではこっちも知らない。

「知らないね」

「それは、コイマツである」

という訳である。

コイマツ、即ち、鯉松は彼にとって、どのような思い出の女であることか。いずれにしろ、日本の芸者がトランスパックに参加し、走っているとは楽しい話ではないか。

トランスパックで印象に残った名前は、私たちのスピンを作ってくれたセールメーカーの親父、シセロがヘルムスマンで乗り込んだ五十フィートのダブルエンダースループ「伝説」(レジェンド)。一寸いい名前ではないですか。

彼女が現わすものは、我々が渡る太平洋に一夜にして沈んだという、あのマヤ帝国の伝説か。それとも、ハイエダールが訪ねた、あの海を渡ったインカの伝説か。

それにもう一つ、エヴァ・ガードナーよりもエヴァらしかった、妖艶の美女、アニー・アースターの持ち船、彼女のハレムを積み込んだ、即ち、クルーがすべて彼女の情人で、毎夜かわるがわるその伽をつとめるという「ボレロ」。

これは、かつて「裸足の伯爵夫人」をやったエヴァ・ガードナーとアニーの美貌の類似、そして、エヴァがスクリーンで踊ってみせた「裸足のボレロ」、その二つの共通項で、「伯爵夫人」のオーナーであるこちらの胸には一寸くるものがある。ちなみに、私はスキッパーミィーティングで彼女に会い、まだ日本人を知らぬという彼女からクルーとして乗っていかないかと誘われたが、残念ながら断った。

「伯爵夫人」の持主である伯爵が、伯爵夫人らしき女の持ち船に乗り込むというのでは、話が混乱する怖れがある。

外国に限らず、日本のヨットにもいい名前が沢山ある。

京都の井上さんの所有艇「フルールブルー」などは、私の好きな、美しい、ヨットらしい名前だ。ただいま建造中の新艇二世も、一世と同じように、ジブは青にして頂きたい。

私は初めてクルーザーを作った時、「コンテッサ」の他にいろいろ名前を考え、その中で、最後まで残ったものの一つに「シレーヌ」がある。それは例のオデッセイを、その魔法の唄で虜にしようとした海精（シレーヌあるいはサイレン、シレナとも訳されている）だが、

「オデッセイ」の物語りの中でも、私はあのサイレンたちの唄のくだりが好きである。後年亡き大儀見氏がその愛艇にシレナとつけられたのを聞いて、印象深かったものだ。

その他、私が好きな名前は「ジューンブライド」。日本の六月は梅雨でうっとうしいが、多くの外国では、六月は夏をひかえて、花咲き乱れ、もっとも美しい月である。この六月の花嫁とは、なんとロマンチックな可愛らしい名前だろうか。

これは矢張り、二十四、五フィートのための名前で、これが六、七十フィートの大型艇になると、むしろ似合わない。私の「コンテッサ」も、この例でJOG一世のニスぬりよりも、三十六フィートの中型の純白の容姿になり、やっとぴったりした感じである。

ポイントレースで、一月現在最高得点の「ジョヴィアルファイブ」も、ライトブルーの船《ハ》体《ル》と、レース中、コックピットに坐った五人のクルーを眺めていると、いかにも体を表わした名前で、楽しく好もしい。

変わったところでは「ダモイ」。ひところ流行った「帰国」という意味のロシア語である。ロシア語のついた日本のヨットというのも彼女だけではないだろうか。

これはオーナーの森谷さんの十年にわたるシベリヤ抑留生活の苦しい思い出に繋がれている。陸軍の大隊長として千人の部下をつれ、十年間、飢えと寒さで過したシベリヤで、故国を想って結んだ夢が、この名前となっている。

そのせいかどうか、慶応ラグビーの大先輩の貫禄に似ず船に弱い森谷さんは、酔うとすぐにクルーに「ダモイ」（帰国）と怒鳴るそうである。

最近は、「妙義」、「飛車角」、「龍王丸」、「若王丸」、「探検家」、「神州」（翔鶴改め）等、漢字の船がふえた。それらの始祖の一人でもある「月光」などという名も、平凡といえばいえるが、ヨットらしいロマンチックな名前で私は好きだ。

当のオーナーにとっては余計なことだろうが、ヨットで何々丸というのは、どうも私の趣味でない（多謝）。就中昨年秋、台風で海難に合った森繁さんの「富士山丸」、この名前は何んとしても、先の愛艇に「メイキッス」なる実に洒脱な名前を与えた森繁さんらしからぬ俗な名前だ。なんだか、三保の松原辺りのペンキのはげた観光船を思い出させる。日本にもこんな豪華な大型船があるぞ、ということで世界を巡航して大いに気を吐くつもりだったのかも知れないが、森繁さん、どうもあの名前はいただけません。

意味は知らぬが、私の心にとまっている名前の一つに「スピオ」というのがある。名の訳、由来をただすにもオーナーの姿をついぞ見たことがない。油壺にくわしいヨット乗りなら御存知だろうが、湾口を諸磯に向かって入って、左へ曲ってすぐ臨海実験所の建物の裏につながれている二十フィート足らずの小さなフィンキールのクルーザーである。

私はこの船がセイリングしたのを見たことがない。いや、舫いを離れて、水の上を自力でも他力でも走るのを見たことがない。

年中、そこに繋ぎとめられたまま、潮と風にさらされて、じっと温和しく、可憐に止っている。その対岸に舫われた、手入れのいきとどいた金具もいつもぴかぴかの「黎海」と比べて、なんとも可哀相な感じがしてならない。

その彼女も、思いがけず昨年の夏、その船体を塗り変えた。ライトグリーンに化粧し直した彼女が、水の上をすべる日も近いと思って心まちしているが、その後一向に乗り手が現われる様子もない。私は彼女の近くを通るたび、いつも心を痛めて見つめるのだが。それでも可憐な彼女はじっと、いつまでもその舫いのとかれるのを待ちつづけている。彼女を眺めていると、遠いどこかでとうに死んでしまった許婚を貞節に待ちつづけて、知らずに老いていく少女を見るような気がして、本当に心が痛む。全く乗り手がやって来ず、つながれたきりのヨットほど可哀相なものはない。


ヨットだけではなく、ヨット乗りのあだ名にもなかなか優逸なものが多い。むしろ本名より、よくその体を表わしていると思う。

私にとって良き先輩であり、外国でのレースの良き同伴者である「ソン」こと岡本豊さん。

「ソン」は会社名の「OKAMOTO & SON, Co.」から来たのだが、名人だった父君が亡くなった今、名実ともに社長になりはしたが、この人の雰囲気にはいつまでも、年に似合わず子供っぽい良さがある。それでまあ、しきりにもてるんでしょうが、どうです岡本さん、いっそ社名を「OKAMOTO & GIRLS, Co.」と変えては。

「シイラ」こと、竹下さんもあだ名がどんぴしゃだ。由来にはいろいろ説有り。良い方からいうと、風と潮に対する勘がシイラの如くにいいとか、次はその横顔が雄の方のシイラに酷似しているとか（全く）。また、その悪食の類似、よく飲んでよく食う。就中、クルーに出来上った奴がいると、吐いているその側へ顔を近づけ、何かをしきりに食べたり飲んだりして見せ、相手をますますグロッキーにする底意地悪さからとも。

私の見たところ、それもみんな当っているような気がしますがね、シイラ。

「ダモイ」の艇長「ジューイ」こと福吉信雄氏はわがトランスパックチームの優秀なるヘルムスマン。もう一息でオリンピック選手を逃したいい男。

ヨット協会の幹部でも最近まで、彼の本名が、何やらむつかしいらしい漢字で、ともかくも「ジューイ」というのだと信じていた連中が多いそうだが、それぐらいこの名は通っている。由来は元獣医だったのが、ある事情でいや気がさして、慶応の経済へ入り直したところからきている。

しきりに元獣医の腕を誇るが、その腕のほどは、トランスパック中、風邪の患者に、処方を間違って整腸剤を飲ませ、強引な暗示で直してしまうというくらい。もっとも、彼に言わせると、ヨット乗りは獣なみだそうだが。

その獣も「ジューイ」さんには大分殺されたらしい。我々も用心にこしたことはない。

彼の特技は沢田流灸術。これは獣医の腕より確かだ。私はトランスパック中大分世話になったけれど、彼の処方の薬よりはよく効いた。もう一つの特技、女性に大もてにもてること。女性だけではなく、男にもてるいい気っぷである。全く、男にもモテんような奴がどうして女にもてるか、なあ、ジューイさん。


「カストリ」こと「素晴しきヨット旅行」や「舵」誌のユニークなリポーターの柏村さん。この人のあだ名は例の美髯《びぜん》からの連想でカストロかと思っていたら、正しくはカストリらしい。つまり昔からの飲み助ということか。「カストリ」さんのあの怖ろしいばかりの髯とその上にあるあの優しい、少し眠たそうな眼のコントラストを私は愛するものの一人である。

そしてあの独得の話法で語る海の話は全く得難いものだ。

船も人も、まだまだ私が訳も由来も知らぬ名前が沢山ある。将来やがて、彼らとのつき合いが、今よりも近く厚くなっていった時、その謎がひとつひとつ解けて来るのを想うのは楽しいものだ。

朝いってみるとホームポートの入江に、見知らぬ船が浮かんでいる。テンダーで近づいてみる。何かいわく有り気な名前が記されてある。なんという意味だ、どこからこの船は来たんだ、おうい、誰かいるかあー。

これは風や潮に関りなく、ヨット乗りの味わう楽しみの一つでもある。

海の迷信

板子一枚下は地獄というだけあって、海にいる人間は気まぐれな自然まかせの自分の運命について、いろいろにかつぐ。

ヨット乗りも同じことで、商売ではないが、危い海を渡っているが故に、漁師や船員と同じように縁起をかついだりジンクスも信じる。

ヨット乗りの中で、俺はかつがない、ジンクスを信じないまでも気にしない、という人間がいたらお目にかかりたい。

時化もそうだが、何よりも、レースの時、あのやり切れない大凪ぎにいき当った時、誰でも祈りたくなるし、風を呼ぶというおまじないを本気でやってみたくなる。

日本海域に普遍している風呼びのおまじないは梅干しで、こいつを海に投げると必ず風が吹くという。

勿論止んだ風は、必ずいつかはまた吹き出すに決っているが、梅干しを投げると、すぐに強い風が吹くそうな。

ということで、わが〈コンテッサ〉でも、凪ぎになると必ず梅干しを探して投げ込むが、それで三〇分以内に風の吹き出す確率は今のところ約七割近いデーターを記録している。これは厳粛にして科学的に記録された数字である。

ということで、我が艇のヘルムスマンの津野などは、いかめしいひげ面に似合わず、新参のクルーが順風や強風時にうっかりおにぎりの梅干しの種を海へ捨てようものなら眼をむいて怒るし、凪ぎになると率先して必死になって梅干しを探しにかかる。

ある時、大凪ぎで、船中探した梅干しが見つからず、慨歎《がいたん》した彼の曰く。

「駄目だなあ、この頃の若い奴らは、西洋かぶれしてパンばかり食いやがるから、こういうことになるんだ。今度からお前ら、航海の時には、シーナイフとシャックル通しと、梅干しの握りを一つ、必ず忘れるなよ」

彼にいわせると、日本の漁師の女房は我が夫の安全を祈って、弁当のにぎり飯に入れる梅干しには必ず種を抜いておくそうだ、種があると、食べ終り、しゃぶった種をうっかりぽいと海へすてることになるから。

外国でも風を呼ぶためにウイスキーを海の上にそそぐというが、この確率は、我が日本国の梅干しには及ばないようである、と本気で信じている人間は沢山いるようである。

ともかく航海の安全を祈って、口開けの酒を海へそそぐというジンクス。ネプチューンへの貢ぎものは、どの船でもやるに違いない。俗説によれば、飲みかけは駄目、あくまでも口を開けたばかりの処女の酒壜からだ。

女の子を一人だけ乗せると、海が嫉妬して荒れるともいう。海の中の誰が嫉妬するのか知らないが、二人ならいいという理屈も妙といえば妙だ。

しかし、遠海に出る漁船には女の人形は積まぬし、積めば必ず二つ積んである。

確かに、〈コンテッサ〉も唯一人のNORC女性会員のマリちゃんが乗ると、海が時化る。時化るだけでなく、船にも必ずトラブルが起る。特にレースの時は確実にである。

その第一回が〈風早〉〈ミヤ〉の沈んだ初島レース。その次が黒潮南進の地内島レース。この時は、強風下暗黒の海峡の突破に背を寒くし、その後、フォアステイが飛んで止むなく稲取へ待避した。

それから去年の大島レースのあの大時化。

その他、いくつかトラブルでDNFとなったレースには必ずマリちゃんが乗っている。ということで、昨今、彼女の方でそれに気づいてジンクスをかつぎ、

「私が乗らない方がレースに勝てるんでしょ」

とレースをあきらめて乗らなくなった。自発的とはいえこれはいささか可哀想だが、確かに、その結果かどうか、〈コンテッサ〉はこの頃レースには良く勝つようになった。

「矢っ張りな」というのは彼女のために気の毒で、これからは、女の人形を一つ抱いて乗せることにしたが、あるクルーの曰く、

「矢っ張り、マリちゃんのいない方がいいですよ。大っぴらに猥談が出来るもの」

猥談をすると風が吹く、猥談をするとレースに勝てる、というジンクスもある。「猥談でリラックスよお」というところか。

福吉ジューイさんの話では、スピンを張っている時、猥談をすると必ずスピンがつぶれるそうな。

「それはさ、こう微妙に、バランスとって走っている時に、猥談してな、尻をもぞもぞさせりゃ、バランスが崩れるものな」

ジューイさんの場合は、いつも自分で舵を引いて、自分でスピンをつぶしている訳だ。

トランスパックの時、ジューイ曰く、

「女ばっかりで走ったら、この太いティラー握る度、あいつら、猥談するだろうな、女にはトランスパックのスピンの舵はひけねえな」

こういうのを性的妄想という。

水死人、つまり土左衛門に関してもジンクスがいろいろある。

漁師は、海を漂っている仏を見つけたら、何をおいても、たとえ大漁の最中でも、何をさしおいても死体を引き上げて運ぶ。

ヨット乗りには関係なさそうな話だが、しかし、昨今のように、ヨットの大きな事故があると、海の水死者に関する迷信ジンクスを全く関りないとはいえなくなる。

去年の何回目かの初島レースで、スタートして二時間ほどして、ウォッチだったクルーが急に騒ぎ出した。

「いやそうだ、確かにそんな形をしてた」

「違う、人間じゃない、仔牛か仔馬」

「いや、足の方が上になっていたんだ」

質してみると、人間の屍体らしい漂流物を水面下に見たという。

もしそうとしたら大変だ、レース中ではあるが、どうしたらいいか。ヨット乗りも矢張り、漁師に準じなくてはならぬか、と、迷ってる艇長に、

「違う違う、絶対に違います。たとえそうとしてもシカトウ、シカトウ」

鈴木リクが手をふり、僕を元のキャビンへ押し込んでしまった。

そのためかどうか、トラブルでレースはＤＮＦとなった。

僕は大体、迷信とか怪談が大好きだが、海の迷信怪談には、文学的イメイジの豊かな優れたものが沢山ある。

例えば、難破船の船幽霊たちが、漁師たちに向って、浸水を汲み出すために、

「柄杓をくれ、柄杓をくれ」

と呼んで近づいて来る。

そこで、底のある柄杓を投げてやると幽霊に捉ってこっちも沈められてしまうので、漁船にはちゃんとそのために、幽霊に投げてやる底を抜いた柄杓がそなえてあるという。

西日本に多い迷信だが、本当に底のない柄杓を積んだ漁船がひと昔前にはあった。

これなど、ゴヤの黒時代の絵にありそうなイメイジだ。

海というのはともかく千変万化である。その海域の海象によって、いつもそこを通る船乗りたちがそうした迷信を作るに違いないが、たとえば、船の墓場と呼ばれるクック海や、一面藻ばかりの藻海のような、無気味な海を見ては、人間の想像力は無気味な働きをし、現実

にはいない化けものや幽霊を考え出すに違いない。

僕は以前、瀬戸内を船で航海していた時、ブリッジで船長から瀬戸内の海の危うさについていろいろ聞かされた。

船の走っている航路から僅か一〇米それたすぐ横手の水深が一、二米しかないというような複雑な水路。小さな島の人家も見えぬ岬や崖の下に、ところどころ置かれて見える地蔵像は、すべて昔漁船がそこで遭難し、人が死んだのをとむらっているという。

「ヨットで瀬戸内をいく時、どんなに奇麗なところでも、地蔵や不動さんが見えるところは、決して近づいてはいけませんよ」

と船長は教えてくれた。

きっと、そうした地蔵のたった岬や岩場には、古い因縁にまつわる迷信伝説があるに違いない。

僕自身、あちこちの海を航海していると、小説家として自家製の伝説を作りたくなるような場所がたくさんある。たとえば伊豆の爪木崎や、神子元島、紀州の大王崎など。

爪木崎に関しては、「還らぬ海」という短篇を書いたことがある。これは一種の自家製海の伝説であって、一年に一日、何月の何日の新月大潮の真暗な海に、屍体のまだ上らぬ海難の行方不明人の家族が来て花を投げ込み、それが海に流れて消えれば、その人は死んでい、打ち上げられ岸にたどりつけば、まだどこかで生きているという迷信である。

それを信じようとした、ヨットレースで遭難し行方不明の男の妻と、その友人であり、女のかつての恋人だった男と、行方不明者の母親の三人が、爪木崎へやって来て花束を投げこむと、その花が流れついて来る。蘇るかに見えた二人の恋は、その迷信に破られてまた不幸に終るという話である。

そんな小説ではなく、僕はその内もっと、もっともらしくどこかの海に関する伝説を創作しておこうと思う。するとそれが数十年もたつと、作者の存在も忘れられて、いかにも、本当らしく思われて来、仕舞いには、何百年前からの風化した伝説のようにみえて来るかも知れない。

とにかく世の中には迷信とか伝説があった方が面白い。眼に見えるものしか信じないというのでは味もそっけもない。

各国の海の迷信伝説だけを調べても、きっと面白い研究が出来るに違いない。おそらく、その民族の国民性、その国の海象或いは、その文明の性格を証してくれるに違いない。

僕が好きな海の伝説の一つは、ヨーロッパに伝わるFD伝説、即ち、さまよえるオランダ人《フライングダッチマン》である。

ワグナーのオペラにもなったが、話としてなかなかロマンチックだし、美しい。

航海で留守の内、自分の妻が不義をしたと誤って信じ、愛する妻を殺してしまったオランダ人の船長が神から罰として、死ぬことを許されず永久に七つの海をたった一人でさまようことを命じられる。

ただし、一つだけ条件として、彼を命を賭けて愛する女が現われた時にのみ、彼は浮ばれるという。

そして、やがて彼はその稀有なる伝説にかなう愛人の純愛を得て昇天する。

この伝説はいろいろにパラフレイズされ、多くの作品に姿を変えている。ヨットにまでも。

一〇年以前に、ハリウッド映画に「パンドラ」という作品があった、実によく出来た、洒落た娯楽映画で、ジェイムス・メイスン扮するところのフライングダッチマンが、真っ白な素晴しいヨットでコートダジュールに現われる。

彼はそこで、エバ・ガードナー扮するパンドラという、風変りな女と出会うという。

この出会のシーンも実に洒落ていて、コートダジュールの断崖の上から海を眺めたパンドラは、真っ青な海に、見なれぬ大きなヨットが一隻、泊っているのを見つける。

その船は甲板に人の姿が見えないのに、ひとりでに錨を上げ、帆が上り、シートがひかれて出帆していく。

暫くして彼女は再びそのヨットを見、魅かれて一人で泳いで船を訪れる。

水に下ったタラップを上って、広い甲板で「Anybody here?」（だれかいませんか？）と呼んで訊ねるが答えがない。

そこで彼女はヨットの甲板を横切り、キャビンへの階段を下りていく。そのヨットというのが、いつかライフ誌の「リビエラの生活——最も贅沢なヨット」という記事に出ていた、世界で一番豪華なヨット〈クレオール〉みたいな船で、見ている方も思わずうなる訳だが、彼女が忍び込んでみた船の奥のホールで、誰もいないと思ったのに、一人の見知らぬ男が部屋の真ん中にイーゼルをたてカンバスを張って絵を描いている。

そのカンバスに描かれているのが、思いがけず、彼女自身の肖像画なのである。しかし描き手であるその男を彼女は未だかつて見たことがないのだ。

茫然としてたたずむ彼女へ、人の気配に気づいて男は絵筆を休め、ゆっくりとふり返る。その男が、その頃はまだ若くて、ぐっと渋いジェイムス・メイスンで、何をかくそう、話がすすむにつれ、その男こそ、時に従って姿も乗る船も変えたフライングダッチマンであった、という訳だ。観た人も多かったろうが、実に洒落た、楽しい映画だった。

あんな幽霊なら、幽霊でもあんな美女に愛されるのなら、誰しもちょっと成ってみたい気がしないでもないだろう。

もう一つ、僕が好きな海の神話は、ホーマーの「オデッセイ」の中に出て来る、水夫をその怪しく美しい歌声で呼び寄せ、魅入り虜にして殺してしまう海の精女シレーヌのもの語りだ。

英雄オデッセイは英雄の例にもれず、好奇心が強くて、一度この海精の歌を聞いてみたく、その海峡を過ぎる時、仲間の勇士たちには耳に栓をつめさせて船を操らせ、自分はその体をロープで帆柱に縛りつけさせて海をすぎる。

シレーヌたちは、やって来た獲ものに、ここぞとばかりに甘く美しい歌を歌い聞かせて招くが、耳に栓をした勇士たちには、歌が聞こえず、ただ黙々として舵を操り海峡をすぎる。

一人、帆柱に身を縛られたオデッセイだけは、その歌の魅力に魅かれて、このいましめを解いてあの女たちのところへいかせてくれと、泣き叫び暴れるが、勇士たちは、かねての命令通り、かまわずその海峡を無事にのり切っていく。

これは、人間の好奇心の本能を、なんとも実によく表わしたエピソードで、男として、オデッセイの気持はよくわかる。

僕も〈コンテッサ〉のクルーに耳栓させて、シレーヌのいる海へ出かけてみたいと思うや切だが、ホーマーの報告によると、オデッセイたちが無事にそこを通りすぎたのを見たシレーヌたちは、自分たちの歌声が、あの男たちを捉える魅力を欠いていたということに悲観し、自ら海に身を投げてみんな死んでしまったそうで、オデッセイのペテンさえなければ、我々ヨット乗りも、シレーヌの魅力に捉われ、その身を危うきに晒す幸せが味わえた筈であったのに、惜しい話だ。

シレーヌにしろ、ローレライにしろ、美しい女悪魔の伝説だが、どうも我が日本には、こうした話は余りないようだ。

いずれにしろ、船乗りを怖れ迷わす迷信も伝説も沢山あった方が面白い。確かな航海技術と、ナビゲーションさえしっかりしていれば、後はこうした海を神秘的情緒的に飾るものがあった方が、航海が彩りの美しいものになって来る。

ヨット乗りの仲間たちは、その知る限りの海に関する迷信をもっともらしく、鹿爪らしく、大いに交換しようではないか。

僕はその内に、我が〈コンテッサ号〉の航海にまつわる、妖しく美しい伯爵夫人の伝説でも作り上げようと思っている。さしずめ、古色蒼然たる瓶に、孤島に捕われている絶世の美人であったコンテッサの、救いを騎士に求める手紙を封印したものを、五、六〇ケ、太平洋の海にでも流そうか、と思っているが。

五　拝啓息子たちへ

父から四人の子へ人生の手紙

父と母の役割

父親というものは、家庭という学校にあっては、校長先生のようなものだと思う。家族がいかに多かろうと、子どもの個々の躾《しつけ》や教育は、機微に付して母親が行なうべきものだが、家庭の主催者、主導者としての父親は、少なくとも週に一回、あるいは一日に一回、子どもに向かって、その家庭が家庭として成り立っていくいわば原理原則について、その家の哲学について、つまり家のあり方について事に接して子どもたちに語るべきだと思う。それは、ある時は、母親は許しても、代わって父親が子どもを叱るということにもなる。そうした父親の役割こそが、母親とはまた違ったもうひとりの親としてのイメージを子どもに作り上げ、大きな影響を与え、家庭は均衡のとれたものとして成り立っていくに違いない。

私は、五十二歳という、君らの叔父さんの裕次郎と同じ年齢で若くして死んだ君らのおじいちゃんから、有形、無形、父親のあるべき姿について教えられた。そして、そこからにじみ出してくる原則のようなものを私なりに心得てきたつもりだが。しかし、振り返ってみると、折り折りそんな原則を自分から踏み外しもしたし、それはそれで、私の弱さであったり個性でもあって、たぶん君らはそうした私を眺めて、言ってることとやることの食い違いを感じながら、同時にそこにいい意味でも悪い意味でも人間としての私を感じてくれたのではないかと思う。

少なくとも、私が君たちを、おじいちゃんが私や弟を愛してくれたと同じように愛してきたという事に間違いはないし、また、愛そうとしてきた。それはある場合、いささか粗暴だったり稚拙であったかもしれないが、少なくとも君たちにたいする私なりの愛情を男の親としてなんとか表現しようとはしてきたのだ。

これだけはたしかなことだが、愛は決して黙約ではない。親が子どもを産んだこと、そのことだけで親が子どもにたいする愛情をしめしたことに、絶対になりはしない。親として子どもにたいする自分の愛を父親も母親もそれぞれの立場で、自分の責任として表現すべきだし、それがしめされることなしに、ただ黙約だけで成り立つ親子の愛や、あるいは恋人同士の愛など、ありはしまい。

そうした親からの子どもにたいする愛情の表現、体現というものは、ある場合には一方的な、親の得手勝手《えてかって》なものにもなって、君たち子どもにしてみれば迷惑千万なこともあるに違いない。

私の親父が私や弟によくしてくれたことだが、北海道にいたころ日曜日、親父のお供をして近郊の銭函《ぜにばこ》のゴルフ場にピクニックに出かけた時、汽車の窓から体を乗り出して景色を眺める度に、蒸気機関車の煙の煤《すす》が目に入った。その度親父は、いちばんたしかな方法として、私たちの目を開かせその顔を引き寄せて、舌の先で目に入った煤をなめてとってくれた。ありがたくはあったが、子どもの私たちにすればなんとなく気色の悪い方法だった。それでも、顔にかかる親父の男臭い息遣いを気にしながら、私たちはまぎれもなく親父の愛情を感じはしたものだったが。

それに、いつか私がその真似をしてみせただけで、君らは辟易《へきえき》した顔で眺めていたが、子どものころ、親父が頼みもせぬのにおいしいお茶漬けをつくってやると言って、私たちの茶碗の上に自分で小さく噛み切ったたくわんを口から吐き出してかけてくれ、シャケや海苔をまぶしてたしかに美味しいお茶漬けを手際よく作ってくれたものだが、間近に眺めていて、私たちも子ども心にある抵抗は感じないわけにはいかなかった。

しかし、それは何といおうか父親がやはり男の親としてしかできぬ子どもにたいする生な接触のひとつだった。

じつはそうした肉体的な接触の中でこそ、子どもは親を、とくにある程度長じてから父親を直截《ちょくせつ》に感じ取ることができるのではないだろうか。

これも思い出話だが、親父は私たちがかなり大きくなってからも、たしか高校生になって性器にヘアーが生えるか生えぬかのころまで、入浴の時強引に、私と裕次郎を拉致《らち》して、頼みもせぬのに体を洗ってくれたものだった。

親父が死んだ後、その挿話を弟が何かに書いたら、それを目にした今は亡き水野成夫氏がたいそう感動して、私たちの父親にひどく共感し、みずから名乗り出て私たち兄弟の親代わりになってくれた。

そうした私の体験から編み出した私流のやり方のひとつだが、君たちにとっては迷惑かもしれぬが、私は今でも何かの折りに君たちの体に手で強く触れることにしている。たとえば廊下のすれ違い、入浴の時のすれ違い、朝の洗面所のすれ違いで、今の君たちにでもなお、一種の挨拶として、脇腹や腕、肩を、つねるというか、握りしめる癖がいっこうにやまない。君らにとって迷惑千万らしく、その度体を反らしはするが、君たちも決してそれを避けようとはしないこともたしかだ。

そんな接触に何かを期待したり甘えているわけでもない。私は、君たちが父親になった時に、私たちの子どもがやがて手を離れて新しい家庭を持つまで、言葉だけではなしに折りに触れた肉体的な接触をもち、つまり子どもに強く触るという習慣はあってほしいし、そうした習慣がじつは、その他で持たれる親子の会話をスムーズにさせ、意思の疎通を増してくれるのではないかと思う。

幼い時には、父親も母親と同じように子どもを抱き締めはするが、少し長じてくると親と子のスキンシップは母親と子どもたちだけのものになり、相手が男の子だと、その子どもがさらに成長すれば母親の方が恐れをなして遠ざかり、結局男の子どもはある意味でそうした肉体的な接触から疎外されていく。

むしろそうした年齢になった子どもたちに、親としての言葉を省いた接触を保つという役割は父親のものではないかと思う。

言葉ではなく、本能なのだ。

幼いうちは子どもの方が親に触るが、長じた後は、種々確認統御のためにも、父親が子どもに強く触るのがいちばん手っとりばやいような気がする。

そんなふうに、ことさらの分析をするまでもないに違いないが、私の体験では、そんな接触を君らは小学生、中学生のころはほんとうに痛がり煩《わずら》わしがって避けたものだった。

しかし高校生になり、社会人になればなったで、煩わしくはあってもむしろ、私にたいするサービスとして、避けずに、なすに任せている節もある。むしろそんな時、私は君たちに甘えているのかもしれない。

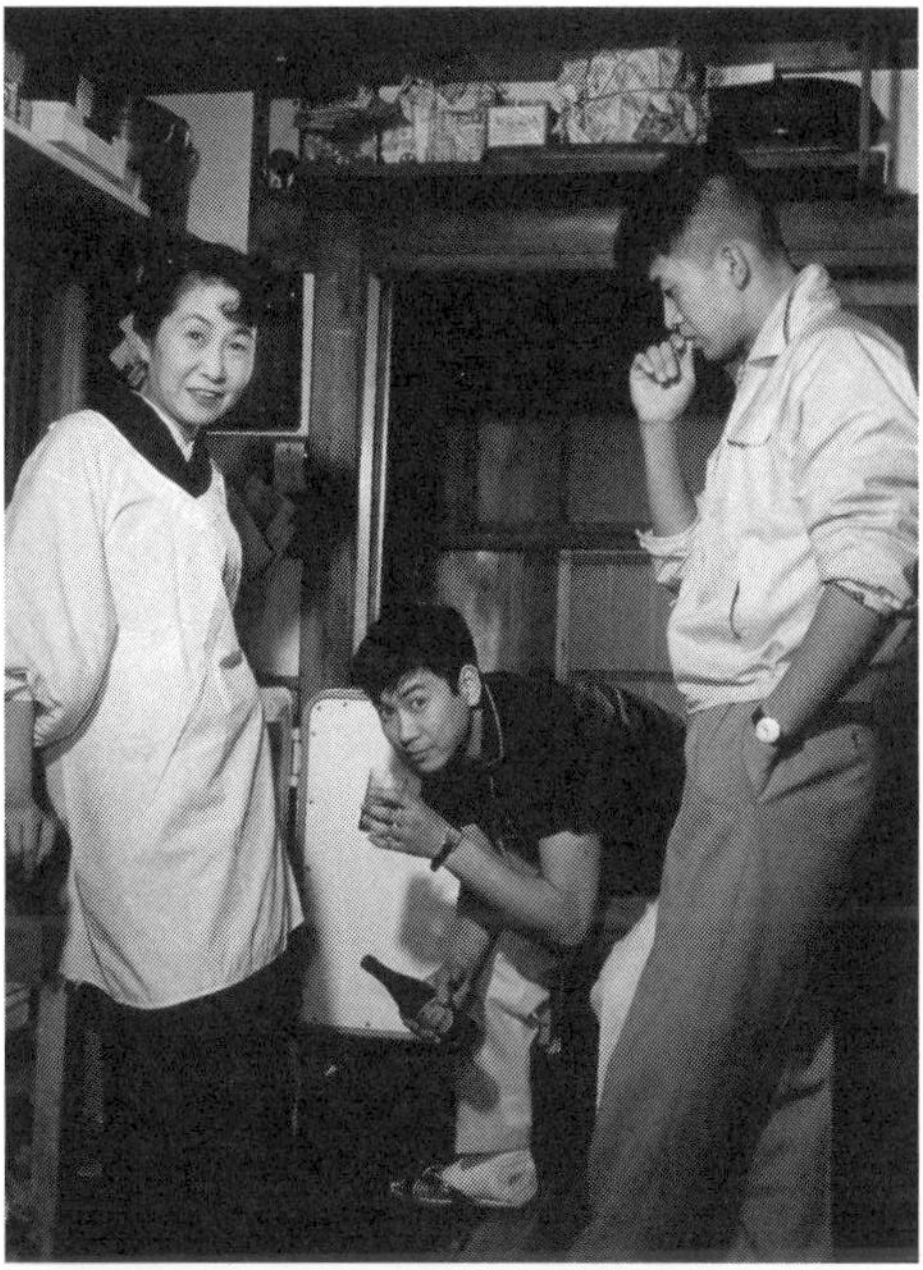

◉兄弟にとって母光子は最大の理解者であると同時にいちばん怖い存在でもあった。

父親の不在

父親について君たちに理解してもらいたいこと、そしてまた君たちが君たちの子どもに父親として理解させるべき大切なことは、父親の公人としての意味合いについてだ。

この間、三男の宏高が、私の名代で裕次郎の遺影を抱いて鳥羽レースに参加した後で思い出して言っていたが、一九六二年、日本人として初めて参加した外国での外洋レース（第一回南シナ海レース）で、香港からマニラまで走ったのだが、当時の電信機器の性能が悪くただ連絡がとれぬままに日本の新聞では行方不明と報じられたことがある。まだまだあの辺りの海には物騒な海賊のジャンクが出没する時代だった。三日間だけだったが、君たちは母親からそう聞かされて、子ども心に茫然としたそうな。

ヨットレースはほとんど私事だが、父親というのはある社会的な立場を踏まえて、たとえばどこかへ単身赴任するとか、外国へ長い間滞在するとか、子どもたちからすれば不条理な形で家を空ける、つまり、家族にとって不在になり得る人間であるということを知っておくべきなのだ。

今になって白状するが、私はマニラ空港で暗殺されて死んだ親友のベニグノ・アキノに口が酸っぱくなるまで言ったのだが、体制を一変させフィリピンの根本的な立て直しを考えるならば、マルコスとの民主的な話し合いなどではなしに、どこか南の方の島に上陸し、銃をとって民衆を蜂起《ほうき》させ、マニラに向かって攻め上るべきだと説き続けていた。そのためのある第三国とのアレンジメントをしたりもしたし、私自身、彼がその決心をしたならば、カストロと行をともにしたゲバラのように、彼の作戦参謀として、日本を捨て、議席を捨ててフィリピンに赴《おもむ》くつもりだった。それは、私なりの第二の人生の燃焼であったと思うし、私自身にとって欠かすことのできぬ選択だと信じていた。

実際にその段になれば、君たちのお母さんは私に必死に反対しただろうし、多くの日本人も私を笑っただろうが、私は本気でそう決心していた。もっとも、アキノがああいう死に方をしたために、すべての夢は御破算になった。父親というのは、子どもたちにとってみればそんな不条理な選択をもあえてする人間であるということを知っていてほしいし、また、君たちの子どもたちにも知らすべきだと思う。とうぜんのことだが、父親もまた一個の独立した人間なのだ。私はゴーギャンの絵を見る度、彼が彼の芸術のために捨てた家族を思い出す。

考えてみれば私の親父も、定期航路を開くために赴任した初代の小樽の支店長時代、仕事のために月に一、二度、当時の交通の不便からして、一週間、十日と家を空けていたものだった。出張という言葉のもつ父親の不在につながる寂しい印象を私は今でも覚えているし、父親がそうした不在の後家庭に帰ってきた時の、あの痺《しび》れるような懐かしさと嬉しさを思い出すこともできる。そうした体験こそが、私にとっての親父のイメージを増幅させていったと思う。

もっともこの時代ではどこの家庭でもそうなのかもしれないが、仕事で東京に閉じ込められた親の私の方が、余暇にかまけて日本中を飛び歩き、家を空けている子どもの君たちの不在を腹立たしく味わっているのだが。

一流のスポーツ愛好者

弟の裕次郎があれほど絶妙な反射神経を持ち、頑健な肉体を持ちながら、結果として早死したのは、忙しさもあったかもしれないが、折りに触れて手近なスポーツをこなし、全身の汗を流すという習慣を続けることができなかったせいだと、かつて裕次郎に比べて病弱だった自分の過去を思い比べながら、確信している。

私は人間の健康について素人でしかないが、少なくとも三日に一回は何かで全身から汗を流すということが、人間の体を陽性から陰性に変え、健康を保証する術になるのではないだろうか。

健康を失くした人生ほどつらいものはない。寓話詩人のハーゲドルンは「ただ健康のみが人生である」と言い切っている。武者小路実篤も「人生にとって、健康は目的ではない。しかし最初の条件なのである」という。

たったひとりの弟裕次郎を五十二歳の若さで亡くしてみると、昔の人が言った「死んで花実が咲くものか」という言葉も痛切に理解できる。健康を自分の肉体を酷使してまで保つということは、人間が人間として生きるということ、男が男として生きるということの最低必要条件には違いない。

汗を流すという肉体的な行為、言い換えればスポーツは、そういう意味で人間の一生を通じて欠かすことのできぬ、生きるための術だと思うし、幸い、我が家の習慣、伝統はそれらの確信を君たちに培っていると思う。そしてまた、君たちが新しい父親となり家を構えた時、その伝統を君たちの家にしっかりと伝えてもらいたい。

時間のない時、私はよく東京の家を出て多摩川に降り、あの川原をジャイアンツの練習場に沿って上流までジョギングする。距離はだいたい五キロ程度だが、しかし五キロといっても短いようでかなり長い。時折り、君たちの誰かが私のジョギングを相伴してくれるが、君たちにとっては物足りないペースかもしれない。それでも、いつか宏高が伴走しながら、あらためて感じたように、

「やっぱりお父さんの年代ではこれぐらいのペースがいいんだよ、これが大事なんだよ」

と憐れみながら励ましてくれたのが印象的だった。

しかし、長男の伸晃によれば、このごろ社会人になってかなり体もへたってきていて、お世辞半ばかもしれぬが、走りながら、

「お父さんの年代でこれだけタフな走り込みをする人はめったにいないよ」

などと、慰めてもくれるが、私としては、それを聞きながら逆に彼の肉体を心配するというのも、天邪鬼《あまのじゃく》というか親馬鹿なのかもしれない。

私もこのごろでは、テニスのしすぎで肩を傷め、サービスがおぼつかなかったり、年来の腰の怪我がまた悪化して、ゴルフを中止したり、いわば二重苦、三重苦の中でなんとか汗を流そうとし、結局帰るところはランニングということになっているが、しかし私は走るということは、すべてのスポーツの原形だし、ある意味では人生の原形でもあるような気がしてならない。

昔から何かむしゃくしゃしたりすることがあると、他のスポーツをせずに、逗子の家でも東京の家でも、ただ道を選んでひとりでもくもくと走ってきたし、今でもそうしている。妙なもので、前をみつめてただ、体の続く限り走るという行為の中で、そうした努力、ある意味では徒労に近い努力が、自分が今味わっている人生の不本意さというものを、一時的な蹉《さ》跌《てつ》として消去してくれる。やっているうちに、自分がこうして走れる限り、自分は一生走っていくのだという自覚が蘇《よみがえ》ってきて、自分で自分を慰め、自分を蘇らせることができる。

君たちは親の目から見ても、それぞれの分野で私より優れたスポーツマンだと思う。そして、その体験の中でそれぞれ手がけた分野で、それなりに会得したものはあると思う。それは、あるものは本に書かれていたり書かれていなかったりするだろうが、しかしそれにしても、君たち自身の血肉に化した体験であり、それをそのまま百パーセントに近く伝え得る相手は、所詮自分の子どもでしかない。

私は決して一流のスポーツマンではないが、しかし、超一流のスポーツ愛好者だとは思う。だから、実技でも一流になろうと心掛けて、自分なりに体得したスポーツのコツを、有形無形にメモしてきたものだ。それを伝えようとするのも、親馬鹿の一つかもしれない。

いつか、宏高が高校の体育会のテニス部にいたころ、私が属しているカントリークラブのテニスコートで、家族や仲間たちとテニスをしていた時、宏高の不得手のサービスについてあまりにも歯痒くて、隣りのあいているコートの片隅で特訓を施したことがある。宏高はずいぶん不本意そうだったが、私は有無をいわさず彼を拉致していき、そこで半時間ほど特訓をした。フェンスの隅にイスを据え、距離を測って、そこに向かってボールを打ち込む私なりの練習を施したものだが、私の目から見ても、彼はそれを短時間で体得した。

しばらくして、彼が高校生たちのテレビの番組に出ていた時、うっかりその話をして、他の仲間から羨ましがられたのを目にしながら、父親としての悦楽を味わったものだった。子どもはやはりわかるところではわかっていてくれるのだなあという、一種の感動だった。

男の肉体の成長と性

私が思春期にあったころから、今までにもう数十年の時が経てしまった。その間のこの社会の物事の変化は驚くほどのものがある。文明が変わり、風俗が変われば、とうぜん、男と女、異性との関わりの意味合いも価値も、それについて若い人たちの物の考え方も変わってしまうのも無理はない。

私たちがまだ学生だったころには、女上位などということは考えられもしなかったし、だからこそまた逆に、女性にたいする蔑視ではなしに、若いながら女性を敬い讃《たた》えもするという気風さえあった。

君たちの風潮に媚びるわけではないが、私はかならずしも異性との交際は恋愛を前提に、恋愛もまたあくまでも結婚を前提にとは言いはしない。それではいかにも古すぎる。しかし、いつかはまた本卦帰りをするかもしれないぞ。

君たちが健全な男子としてやがては結婚を望むならば、また結婚しなくてはならないならば、結婚に至る男女の巡り合い、つき合いというものは、その結婚がもたらした幸福から振り返ってみれば、まさに神秘で奇蹟的なものでしかないということを知るべきだ。ということは、あくまでも結婚して後にさとり得ることなのだが。とにかく、それを君たちにひとつの真理として強く説くことができるのは、やはり、親でしかないだろう。だから千載一遇のチャンスを求めて奔放に、しかし慎重に、女性とはつき合ってほしい。

いつだったか、末っ子の延啓が前歯を治療して、その結果がよくなく、いちばん目立つ前歯の片側がドス黒く変色して、見ていてとても気になった。歯医者に行って速やかに治せと言ったが、体育会の練習の忙しさもあってかなかなか行かず、私がせっつくと、もっと色気が出てきたら治しに行くと言ったものだった。

それからしばらくして、ある日、

「お父さん、少しお金がかかるかもしれないが、この前歯、やはり治していいですか、そろそろ僕も色気が出てきたので……」

と率直に言ったのは面白かったし、嬉しくもあった。異性にたいする自分の見栄、体裁ということも、人生の中では大切だと思うし、そうしたニーズに駆られてそうした体裁を整え直す要求は、同じ男の私には痛いようによくわかる。

君たちの性に関わる肉体の成長がどの程度のものかは日ごろ見ていてわかるが、しかし実際にそうした肉体的な条件を整えた体の中で、性への願望が実際にどれほど高まっているかは、見届けやすいものではない。でき得れば、男同士のつき合いで、母親には言いづらくとも、父親には率直にそうしたものを打ち明けてもらいたいが、とうぜん、君たちの恥じらいもあるだろう。

私がいつも言っていることだが、君たちに道楽放埓《ほうらつ》を一切するなとは言わないが、家族という共同生活をしている時に、もし、性に関わる病気にかかった時だけは、自分にたいする以上に他の兄弟、家族にたいする責任からそれを率直に打ち明けろとは言ってきたし、君たちも自分たちの子どもに強く戒すべきだと思う。

それにしても、君たちのガールフレンドたちとの行き来を眺めながら、私の青春時代を振り返ってみると、あまりにも様子が違うので驚くほどだ。

今でも覚えているが、高校生時代、私は晩稲《おくて》だったが、そちらの方では私より進んでいた弟が、逗子の家に、ある日曜日初めてガールフレンドを連れて来たことがある。今なら予告もなしにいきなりということだろうが、当時にあっては、弟も両親に気兼ねしてか、あらかじめそう断わっていた。その日のことを私は今でも覚えているが、私もまた、二人きりの兄弟の弟が、私より先に連れてくる女友達がどんな人なのか、興味津々たるものがあった。むしろその興味の他に、息子が初めて我が家に女友達を連れてくるというその日の、親たちの、とくに父親の緊張振りは、見ていて子ども心に微笑ましいほどだったのを覚えている。

Wさんという、弟の好みからすればちょっと私の予想から外れた、ごく気立てのいい、ただ声がちょっと声高のそのお嬢さんを見て、私はなるほどというか、こういうことなのかと妙に納得したものだったが、その時、家の中の誰よりも、父親がまるで壊れ物にでも触るようにはらはらし通しだったのがとても印象的だった。

時代も変わってしまったし、私は私の親父のそうした態度、姿勢というか、気配りを伝承するつもりもないし、また君たちが新しい父親となり、子どもをもうけ、その子どもが成長していった時には、今よりももっと違った異性との関わりの風俗が展開されていて、君たちは君たちなりに心悩ましたり期待したり、あるいは失望したりするに違いない。

考えてみると、君たちの性の芽生えについては、私はお母さんほどには心配をしなかった。同じ男同士ということもあるだろう。私も人一倍そうした関心は強かったと思うが、振り返ってみて、所詮なるようになるのだ、というような気持ちだった。

時代の違いもあっただろうが、私の親父も私に向かってそうしたことはことさら何も言いはしなかった。親父にしても私にしてもいささか旧弊《きゅうへい》な男女観から、同じ性に関しても所詮は男の方がやり得といった考えがあったのかもしれない。

もっとも今はとてもそんな考え方は通用しないらしい。むしろその逆だよ、と君らの誰かが言っていた。お母さんが君たちの性に関してことさらに何を言ったかは知らないし、お母さんからの報告もありはしない。夫婦でそれについて話すのが照れ臭いから、意識して避けて通ったということでもない。

ただ、人間にとってはとうぜんのこと、自然のことなのだから、家庭での人間関係がちゃんとして、家がきちんとしてい、君らがまっとうに育ってさえいたら、むしろ性に関しては心配ないはずだ。と私はかねがね思っていたのだが、子どもが性で躓《つまず》いてそのことで人生を狂わしてしまうなどということは、普通の家庭ではあり得ぬことだとさえ思う。自然であたりまえの出来事を狂わしてしまう何かが、当人以外のところ、当人の周囲にあるからこそそうなるのではないかと思う。

子どもの性そのものについて心配するのではなしに、性に関心を抱き、性に目覚めた子どもがおかれた外的な状況についてこそ、気をつけるべきなのではないだろうか。

そういう意味でも、延啓が自分から僕もそろそろ色気がついてきたので前歯の治療を始めていいですかと言い出したのには私は安心もし満足していた。考えてみれば自分を生んでくれて育ててくれた親に向かって言い出せぬ事などないはずだ。まして、同性ならばなおさら、だから、微妙でそれぞれにとって鋭くもある性の問題に関しては、子どもは母親にまかせるということではなしに、息子の話相手には父親の方がはるかに好ましいと思うし、娘の相手はやはり母親に違いない。だから話相手としての父親の役目も責任も厳然としてあるはずだ。

子どもが性で躓《つまず》くのは、結局、同性の親との意思の疎通が閉ざされていたということに大きな原因があるのではないだろうか。

いつか受験勉強で疲れ果てて帰ってきた延啓が、夜遅くまたデートに出かけようとしているのを見て注意したことがある。そうしたら、彼が居直ったように、

「僕は今惚れているんだから仕方ないだろう」

と言い返した。

言われて私もハッとした。その通りなのだろう。それでいいのだ。この俺だってそうじゃなかったかと思い直した。じつは私だってそうだったのだ。

「あまり明日にこたえないようにしろよ」

と私は言い、

「もっとも、この方が新しい元気がでるからね」

と言いたすと、息子はニヤッと笑って、出ていったものだったが。

大事なことは親子の間なのだから、性のように微妙でかつ鋭い問題は、決してたがいに避けては通ってならないということには違いない。

裕次郎の死に想う

裕次郎が慶応病院で息をひきとった時、仕事で地方に出ていた良純以外の君たち三人は、昼前から病院に詰めきりで、裕次郎が最後に息をひきとるのを間近に眺めていた。弟が今日一日はもつまいと医者から告げられた時私は、私だけではなくて、いちばん身近な叔父だった裕次郎を、君たち自身の目で看取ってもらいたいと思ったのだ。

君たちがそれぞれ何を感じたかはわからない。君たちそれぞれが、おそらく生まれて初めて目にする身近な人間の死を眺めながら何を感じたかはわからぬが、少なくともあの数日間、喘《あえ》ぎながら苦しみのうちに耐えていた裕次郎の瞼がようやく閉じた時、医者が一度臨終と告げながら、その後四度も蘇《よみがえ》っては打ち直した心臓がようやく完全に止まった時、私だけではなく、君たちもまた、親しければ親しいほど一層、あの死が裕次郎にとっても、また身近にそれを見守る人間たちにとっても、大きな憩いであるということを感じ取ったと思う。

それは、死がもつ千変万化の意味合いのまさしくひとつでしかなく、またひとつでこそあるが、いずれにしろ、君たちはまさしく人間の人生なるものの大きな片鱗に触れたといえるだろう。

私が君たちを強引に招いて、裕次郎のベッドの横に立たせ、大きな存在だったひとりの人間が、その生から三途の川を渡って死に赴く瞬間を見届けさせたのは、私の親父が私や裕次郎に施した教育を、ある意味で踏襲《とうしゅう》したといえる。

私は幼かったころ、ある日曜日、父に連れられて小樽の港の近くの海岸線で座礁《ざしょう》した父の勤めている会社の汽船を見にいったことがある。その時、船から仲間を救うためにロープを抱いて海の中に身を投じ、結局溺れて死んだ二等航海士の死体を砂浜で見せてもらった。その時、父は言葉少なに、その死者の水に凍った白蠟《はくろう》のような顔を指ししめしながら、彼が男としての責任であえて行なった勇敢な行為について話してもくれた。

私の父もまた、晩年、高血圧に悩まされながら、まさに仕事に殉じて会議場で倒れて亡くなったが、私は、父の死んだ後駆けつけ、会議場に横たえられた親父の死に顔を眺めながら、あの時、海岸で見た航海士の顔を思い出したものだった。そして、父の冷たくなった頬に手を触れ、昼間の間に伸びたその濃い髭の感触を指の先に味わいながら、なぜか、自分と父との関係が決してこれで終わりではなく、違った形でこれからも永遠に続くのだということを覚《さと》っていた。

それは、後になって私が得た信仰の大きな礎《いしずえ》にもなったと思うし、また、私自身の文学の仕事のいちばん基にある主題のさらにその基礎をなしていると思う。『論語』にも、「父在りしときは志を観、父死して後は行ないを観る」とある。裕次郎は君たちにとって父親に近い存在だったはずだ。

君たちが目を閉じ息をひきとる裕次郎の姿に、何を感じ何を覚ったかは知らぬが、裕次郎のデスマスクを描きあげた延啓が言っていたように、あの一日は、何か息が詰まるような、ひと月、一年にも匹敵する凝縮された時間であったに違いない。

たったひとりの弟を亡くしてみて、私はあらためて兄弟というものについて考えないわけにいかない。裕次郎はよく、私たち二人兄弟のことを、力道山華やかなりしころ、その相手役として活躍していたシャープ兄弟にたとえて、人生タッグマッチだと言っていたが、振り返ってみればまさしく、そんな軌跡を二人して描いて、ここまでやってきたものだ。

子どものころ、二人して戦った喧嘩もさることながら、世間は裕次郎が私の小説の映画化のおかげで世に出たと言っているが、じつは私の処女作の『灰色の教室』や第二作の『太陽の季節』は、弟の存在なくしてありはしなかった。私は体育会にいて、逗子からの通学が苦しく、当時まだ残っていたバンカラの寮に住まっていたが、週末、家に帰る途中、弟に誘われて東京で当時ようやく台頭してきた消費文明の片鱗に触れ、いろんな遊びを教わりもした。そんな体験というか、そうした奢侈《しゃし》にたいする憧れと期待と緊張が、私にああした作品を書かした。弟がいなくとも、たぶん私は作家として出発しただろうが、しかし、ああした作品は裕次郎がいなくては生まれはしなかったと思う。

何かにも記したが、私がまだ新人賞を『太陽の季節』で取る前に作品に着目した日活が、原作の契約をする時、こうした話し合いにはまったく不得手の私に裕次郎がつき添って来て、あのころ、東京でいちばんモダンだった日活ホテルのあの吹き抜けの大きなロビーの二階のバーで、二十五万という相手の言い値に逆らって八十万という指し値をし、そこから交渉してとうとう四十万という、まだ海とも山ともつかぬ作家の、新人の原作料としては破天荒な額をまとめてくれたものだった。

その恩返しというわけではないが、『狂った果実』という作品を日活が強引に先物買いした時、私はそれを売る条件に、弟がこの作品の主役を演じることを強引に申し入れて、相手に承知させ、弟はこの作品で一躍スターになっていった。

裕次郎への慙愧《ざんき》

弟に日活の支配に屈せず、独立プロを作って、自分の個性をもっと活かす作品を自分で作るべきだと最初勧めたのは私だったし、その石原プロが、『黒部の太陽』を五社協定の枠を踏み出して作ろうとした時、強硬に反対した五社を相手に、あのモニュメンタルな大事業の黒部トンネルを完成した日本の大ディベロッパーたちに説いて、五社がもしこの映画をボイコットするならば、フリーブッキッグの映画館を買収し、各地方の公民館を半年借り通して作品を上映することを説いて回り、その承諾を構えて五社を追い込み、弟の夢を実現させるのにいささかの役を担いもしたが。

考えてみると、挙げつらうときりがないほど、私と裕次郎は何か肝心な折りに、大小それぞれの仕事で手を貸し合ったものだ。私は古い時代に育ったせいか、必要以上の家長意識が

◉兄弟で五社協定に立ち向かい成功させた三船敏郎との共演大作『黒部の太陽』。兄のバックアップを得て石原プロを設立した弟裕次郎。記者会見にはまき子夫人も同席。

あって、いつまでもひとりきりの弟を小僧扱いし、父親に代わったつもりでガミガミ説教もし、裕次郎は片腹痛いと思いながら、それを聞き入れたり、聞き流したり、反発もしたものだったが、人に言われなくともあらためて今までの人生を振り返ってみて、私にとって裕次郎以上の弟はあり得なかったたし、彼以上の人生の伴侶、彼以上に強力なタッグマッチのパートナーはいなかったと思う。

幸い君たちは四人の兄弟として生まれ、それぞれ違った個性、能力を持って育ってきたが、これからの実社会に出ての人生にこそ、たとえどのような企業、組織に身を属そうとも、兄弟にしかできぬ共同の作業を、君たち自身の人生の充実のために志してほしいと思う。毛利元就《もとなり》は隆元・元春・隆景の三人の息子を前に、三本の矢を束ねて、訓戒をたれたが、君たちはそれよりも一人多く、四人もいるのだから。

私はいつも必要以上に兄貴ぶって、裕次郎にたいして家長風を吹かしたと言ったが、兄弟というものは生まれた順序が違うだけで、本質的には対等なのだ。しかし、同時にその順序を追って生まれたということに、否定することのできない深い意味があるとも思う。兄弟は他人の始まり、などとも言うが、たしかに兄弟の間にはいさかいもあるし、競争もあるし、嫉妬もある。それぞれがそれぞれにさまざまなコンプレックスを持ち得るものでもある。そしてそれがそれぞれの人生にいろいろな深く美しい襞《ひだ》を作ってくれるものだ。『易経』にも「父、父たり。子、子たり。兄、兄たり。弟、弟たり。夫、夫たり。婦、婦たり。しかして家道正し」とある。先に生まれた者の責任、後に生まれてきた者の上への敬意、わずらわしいこともあるかもしれないが、天が与えた家庭での順序には、人間の思いを越えた大きな意味合いがあるはずだ。

弟はすでに意に止めてはいなかったかもしれぬが、私自身の心中に慙愧《ざんき》をこめた深い傷というか、弟にたいする負い目を感じる出来事があった。私はごくあたりまえの、いわゆる優等生だったが、弟は学科の好き嫌いの激しい、つまりそういう意味では私よりも個性の強い子どもだった。ある時弟の成績が急に下がって、それを父親が叱った時、私はそれを横で聞きながら、弟が同じ勉強部屋の自分の机の上に、自分で作ってたくさん吊るしている見事な模型飛行機に羨望を感じ、父に向かって、弟はあんなものばかり作っているから成績が下がったのだと、讒言《ざんげん》したことがある。

父は大いにうなずいて、自分の手で荒々しくその模型飛行機を外して集め、庭に持っていって重ねて焼いてしまった。その時、目を潤ませながら、物を言わず唇を噛んでじっとそれを見つめている弟の姿を眺め、私は何とも言えぬ我が身の情けなさ、恥ずかしさに身がつまされる思いだった。

そうした思い出も、そのひとつだけをとれば、慙愧で後ろめたいが、それも含めて兄弟の間の出来事はたがいにいろんな心理を形づくり、その間を濃くしていくものだと思う。最初は子犬のようなじゃれあいから始まって、やがては真剣な切磋琢磨、本気の力の貸し合い、そうしたものを経て君たち四人兄弟という、四つ葉のクローバーが大きな花を咲かせるように努めてもらいたい。兄弟というのは、天が与えたある意味でもっとも堅い人生の絆《きずな》なのだから。

兄弟喧嘩

兄弟喧嘩のない兄弟など、気の抜けた酒のようなものだが、しかし、兄弟喧嘩でほんとうに相手を肉体的にも、精神的にも心底傷つけてしまうような喧嘩もまた、愚かな極みでしかない。いつだったか、二人きりの兄弟で、京大生の兄を早稲田に行っている弟が喧嘩の末に刺し殺すというような恐ろしい事件があったが、じつはその家庭がどんなに歪《ゆが》んだものであったのかは想像がつく。

私も二人きりの兄弟の弟、裕次郎とよく兄弟喧嘩はしたが、それでも弟は誰に諫《いさ》められたわけでもないのに、喧嘩の中での弟という分際を、自分できちんと心得ていてくれたような気がする。

他愛のない思い出だが、弟の山中湖の別荘で私が書き物をしていた時、後から弟が秘書を連れてやって来た。午後遅く仕事も一段落して二人で一杯やった後、御機嫌になった裕次郎は、着ていた物を脱ぎ捨て、ハワイで仕入れたというハデな不思議な模様のビキニパンツ一枚になってしまった。男同士の兄弟だけならいいのに、何か用事で尋ねてきた奥さんの前でもそんな姿でいるので、私がたしなめたが、アルコールの入った彼は、ますますいい気になって止めなかった。

その後、彼が自分で洗って暖炉の柵に干したそのビキニパンツを、私も一杯入った勢いで、こんなもの、と暖炉にくべて燃してしまった。弟はかんかんになって怒ったが、秘書たちがとりなしてそのまま寝はしたが、翌朝、離れから起きてきてみると、昨日まで私が座っていた、わざわざ家から執筆のために持ってきた座り心地のいい折り畳みのデッキチェアが、暖炉の中で灰になっていた。私は私で激怒したが、弟はこんな安い椅子よりあのパンツの方が、金品としてははるかに値段も高いんだ、と涼しい顔だった。

私はその日の午後、所用で車で名古屋に向かったが、出がけにわざわざ門の外まで出てきて、

「あまり飛ばすなよ、気をつけて行け」

と言ったくせに、後で弟は他人には、

「イスを灰にされたあいつは、尻尾をまいて退散した」

などと言っていたようだ。いくつかの兄弟喧嘩の中で、いつも私に節度を守って事をゆずってきた彼が、どうやらその時初めて対等の犠牲を私に払わせ、鬱憤《うっぷん》を晴らし満足したのだろう。他愛ない思い出だが、私には懐かしい。まあ君たちも、いろいろな形で喧嘩もし、これからもしていくだろうが、何か心の襞《ひだ》になって残るそうした思い出をつくっていってもらいたい。

「兄弟牆《かき》に鬩《せめ》げども外《そと》その侮《あなど》りを禦《ふせ》ぐ」と『詩経』にもあるが、私と裕次郎がさまざまな局面で相協力したように、君ら四人の息子たちにしても、おたがいの全能力を結集し対処することがあるだろうと想像したりするのは、親の愉悦《ゆえつ》の一つかもしれない、と裕次郎の遺影を前にして私は思う。

青山斎場での、三万人を超える弔問者に見送られた、本葬も済んだある夏の日の終わり、私はあらためて裕次郎が私自身の中に占めていた大きさを感じ瞑目したものだった。彼は没したが、しかし彼はいつまでも私の弟であり、私の父が没したあとも、父は父であり続けたように、連鎖の輪は決して切れはしない。切れることがあってはならない。

◉日本人が最も愛した男

◉（写真右から）甥っ子の石原伸晃、四男延啓、三男宏高と、山中湖の別荘でくつろぐ石原裕次郎。甥っ子3人の笑顔が、叔父との熱い関係を物語っている。

父親から教えられた礼節

躾《しつけ》はもともと、父親に比べて子どもたちと時間的に家庭に長くいる母親のうけもちだが、しかし、折りに触れ機微に付して、父親がすべき躾があるはずだし、また、父親の躾た教えの方が口うるさい母親よりも強烈な印象で子どもに残ることがある。

私たち兄弟は『太陽の季節』に始まって、一連のいわばインモラルな作品で世の中に出たが、世間は作者や主演者の私や弟のことを作品のイメージ通りの人間と錯覚していたようで、実際に会ってみると思いがけず礼儀正しい青年だと誉められ、世間もそれで驚かされた後、あらためて安心した節もあるが、私たちにすれば、じつは親父なりお袋に教えられた人並みの礼節を、言葉づかいに始まって、態度でしめしただけの事だった。

心理学者のパーソンズは、「父親は家族の中に社会を持ち込み、家族を社会の中に持ち込む。父親は、訓練と統制を子どもに与え、子どもを母親依存から引き離し、子どもを社会の中へと押し出す」と言っている。つまり、一族が人間として生きていくための経済的な負担、たつきを担って社会に慣れている父親こそ、社会的な存在である人間の厳しい現実を子どもに伝えることができるのだ。

といっても私たちも、ことさらの躾、教育を親たちから受けたわけではない。ただ、注意されるだけではなしに、日ごろ、その注意に喚起されて、親父やお袋のやっていることを子どもなりに鑑みて真似しただけでしかない。

フランスの哲学者ジューベルは『パンセ』の中で「子どもには批評よりも手本が必要である」と言っている。私たちはやはり、親たちの薫陶《くんとう》というより、親たちの背中を眺めて真似をすることからあらゆる学習を始める。わが家は人並みに神仏を崇める信仰も持っているが、それも所詮は神棚や仏壇を拝む父や母の背中を眺めて、むしろ父や母の目のない所で何か苦境に立たされた折り、神、仏を頼って、思わず祈るということから始まった習慣であり、教養だった。そして社会へ出た時、そうした類の父や母の教育が生きてくるのだ。私たち兄弟を世間の誤解から救ってくれたのも親父やお袋のしてくれた躾だったと言える。私は、今でも年配の人間が立っていれば席を譲るし、私が立っている前で老人に席を譲らぬ若い者がいれば声をかけてたしなめ、彼らを立たせて老人に席を譲らせるお節介を飽かずに行なっている。またそうした小さなお節介が世の中を支えていくはずだとも信じている。これもまた父や母のしぐさを見ながらいつの間にか自分の中に肉体化されたものに違いない。

男のオシャレ

君たちのおじいちゃん、私の親父は、業界でも有名なオシャレで、私の目から見てもいささか分に過ぎたオシャレをしていたものだった。当時まだ靴磨きなどなかった戦後のこととて、自分の靴のコレクションを、暇な折りに自分の手で見事に磨いていたし、私たちは父の日毎に替えて履くよく光った靴が自慢だったし、メルトンなどという、ほんとうに限られた季節の数日にしか着れないような洋服を着ている父親に、強い印象を受けたものだった。

オシャレはかならずしも美徳とは言えないが、私も父の真似をして自分の靴だけはよく磨き、大学時代、上級生に誉められたこともある。親父が同じ洒落者同士で同じ横須賀線の二等車で顔だけ知り合っていたじつはある経済界の大立者に、あらためて仕事で面会を申し込んだ時、初対面ながらすぐに打ち解け仕事がスムーズに運んだという挿話を、私はいちおう頭の中にしまい込んでいたものだが……。

オシャレが過ぎて、人間が洋服に着られるのは滑稽《こっけい》だが、逆にその人間の趣味、人格で洋

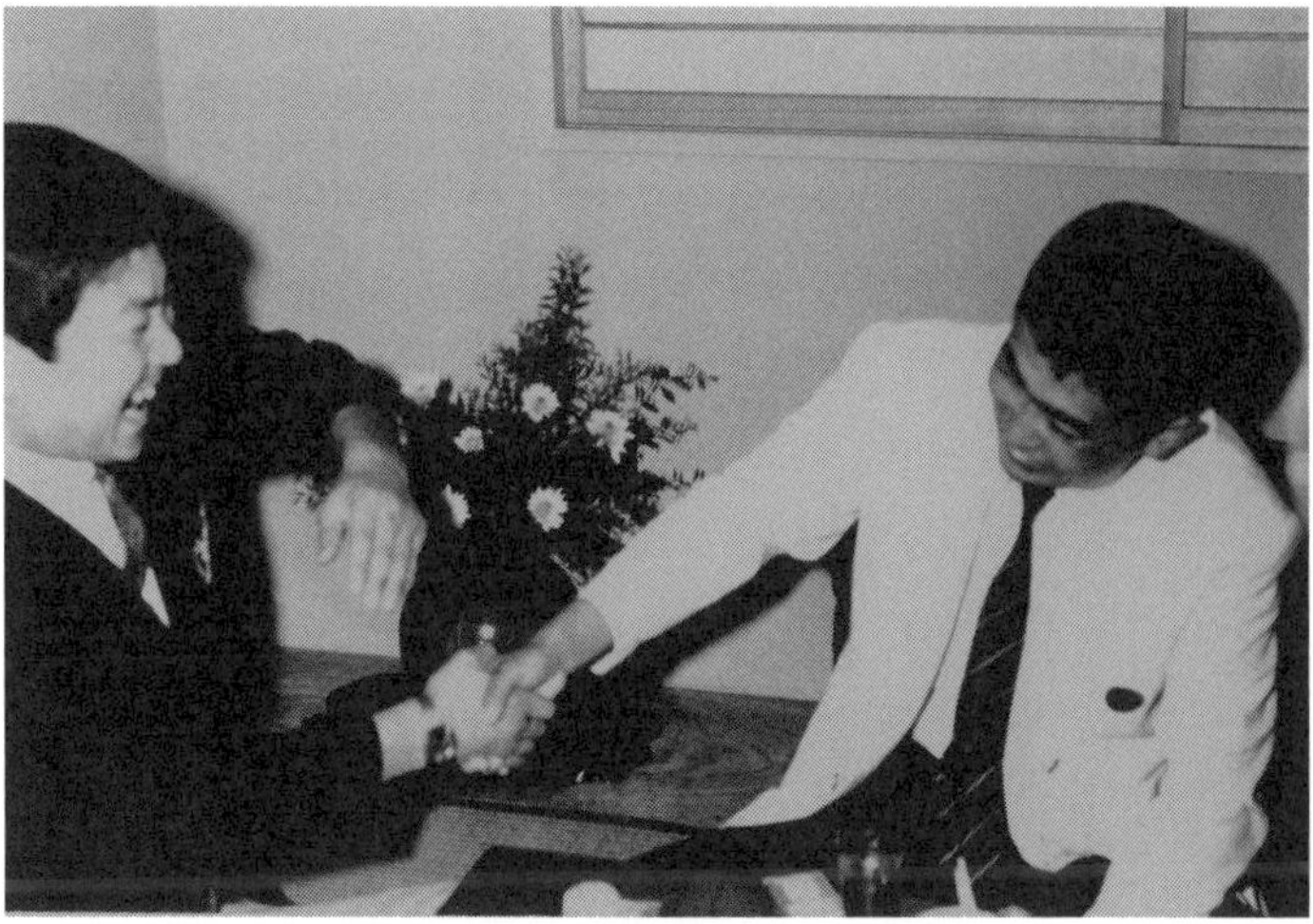

◉人生にタッグを組んで歩み、共に助け合って生きた兄弟だった。

◉石原裕次郎は自分の使う靴は、すべて自分でみがき、整理して仕舞っていた。

服を着こなしているダンディズムが男の社会では有力な武器であるということも、いちおう頭に留めておいていいのではないか。

戦国の軍学者、山鹿素行も「外其の威儀正しき時は内其の徳正し」と言っている。見掛け倒しという言葉もあるし、そうなってはならないが、やはり世の中でしわくちゃな洋服を着ている人間と、よくプレスのきいた洋服を着ている人間、靴の汚れっぱなしの人間と、光っている靴を履いた人間を比べれば、その印象から評価も違いがちだということを覚えていて損はないはずだ。

人が人を評価し測る時、その人間が内にどれほどの価値あるものを秘めているかということは容易にわかるものではない。多くの場合、人はまず相手の見掛けからその人間を評価しようというのは、とうぜんのことかもしれない。

子どものころ、君たちのおじいちゃんからよく言われたことだが、当時、着たり履いたりするものも乏しかったころではあったが、親父は私たちに「自分の靴を自分で磨け」ということを重ねて言い、私たちも自分の靴を自分で丹念に磨いたものだった。

それが出会った相手にどんな印象を与えたかは知らぬが、後年私たちに、自分の身繕いを自分で考えてするという習慣を培ってくれたことはたしかだ。そうした姿勢で自分を最低限飾る人間の方が、あてがいぶちのものを着たり履いたりしている人間よりも、より自主性を感じさせることだけはたしかだと思う。

酒は人間の文化の象徴

人間は、とくに男は、折りにふれて酒を飲むが、その中にも苦い酒、つらい酒、もの憂《う》い酒もある。ままならぬ社会的な現実を相手にしながら、楽しみの酒でなしに一時の憂さを晴らすべく酒を飲む大人、とくに男の気持ちを子どもにも分かってもらいたいというのが、あるいは、父親の潜んだ願望のひとつかもしれない。

わが家では、タバコは厳に禁じているが、子どもに酒を薦めることこそしなかったが、君たちが興味にかられて酒を飲むことを禁じてもこなかった。おかげで四人とも人並みにアルコールの味の分かる男とはなったと思うし、今では結構、酒に関して目利きの利く君たちからビンテージの葡萄酒のストックをいかに守るかが、私の心配の一つにもなった。

小樽の支店長時代の親父がほとんど毎晩宴会をして、子ども心に私は宴会なるものがそんなに楽しいものかと思っていた。社員を連れての旅行で家族の私たちも同伴し、温泉宿での宴会に親父から酒を薦められたものだが、そんな親父も毎晩の宴会を決して心から楽しんでいたわけでもなく、ある時には務めとして酒を飲むこともあるのだということを、そのころから教えるつもりだったのかもしれない。

私の家では妙な習慣が定着していて、四人のうちとくに長男、次男は、私から教わって何種類かのカクテルをかなりうまくつくることができるようになった。私は物事の混淆《こんこう》、入り交じるということが文化だと思うし、そういう意味でカクテルは酒の中でもっとも文化的なものに違いない。そして、物事の混合の配分ということをこれほど微妙に端的に教えてくれるものもない。だから彼らがそこらの、バーテンダーではなしにただのバーテンに比べて、本格的なマティーニやマンハッタンやダイキリを、あるいはもっと手のこんだカクテルを作れるようになったということを、密かに自慢にしている。

とくに伸晃の、誰から習ったか、一度冷やしたミキシンググラスに注いだベルモットを、香りづけだけでぜいたくにもそのまま捨ててしまうやり方で作る、ドライマティーニは、そこらのバーでは味わえぬ一級品だと思う。

ヘミングウェイはキューバ駐在中、自分の庭にできる柑橘類を採ってきてそれを絞り、キューバ産のラムと半々に混ぜることで、パパダイキリと称して客にふるまっていたそうだが、私もまた、家に届けられる珍しい柑橘類を臆せず簡単に利用することで、彼らに私なりのパパダイキリの作り方を伝授した。

君たちがこれから家を構え、子どもたちを持ち、彼らに酒の味を教える時、ストレートや水割りだけではなしに、少し手のこんだ、少し味覚の素養を必要とするカクテルの処方をさらに伝え教えてやるということは、酒を通じて、味わい深い人生の味を伝えることになるのだと私は確信する。

人間の文化を象徴するものはいろいろあるが、私はその最たるもののひとつが酒であり、またもうひとつが人間の信仰だと思う。もちろん信仰と酒とは関わりがあるが、人間が動物として他に比べて著しく高度なものとして持っている情緒、情操、あるいは精神というものを、酒は高揚させ、そこからしらふでは予期できなかった新しい可能性を開いてもくれる。

文化というものは、他の文化と混淆することでより高揚していくが、カクテルが象徴するように、何かと何かを交ぜ合わすことで思いがけぬ味ができあがるということも、じつは文化の発展、高揚の方程式の原理をあらわしている。

このごろの若い者たちは、せっかく素晴らしいバーに居ながら、本物のバーテンダーが腕を振るうカクテルを注文することがない、というよりできはしない。バカのひとつ覚えみたいな水割りだけが酒ではないし、名人のバーテンダーが腕を振るったカクテルを味わうことで、酒の、つまり文化の幅の広さ、奥の深さが理解できるはずなのに、そもそもそういう素養が欠けてしまっている。

カクテルが象徴するように、君たちもこれから文化の混淆を味わい評価し、それを味わう自分自身の発展、高揚を、酒を通じて図ってもらいたいものだと思う。

酒に限らず君たちが飲み物、食べ物に関しての味覚に通じるというのは、私から眺めても嬉しいことだ。いつか仲間の政治家からもらった選りすぐりのうにの瓶詰を、うっかり酒の肴で君たちに相伴させたら、三日後、冷蔵庫に入れてあった二つ目の瓶がほとんど空になっているのを見て、私としては愕然として怒った。そのうにの瓶のすぐ横に、近くの雑貨屋からとったありきたりのうにの同じ瓶詰がまったく手つかずに置かれているのを見て、あらためて苦笑いもしたものだ。

我が家では、私がことさら言い渡し、親と子の食べ物について差別でもせぬ限り、味わいの高い食べ物の瞬間的な消費は通例のことになったが、食道楽としては痛恨ではあるが、しかし、味のきき分けのできるまでに育った息子を見る父親としては、満更でもない、ということをあるいはまだ告白すべきではないのかもしれないが……。

ともかく味覚を共有する喜びというものは、人生の味わい、楽しみの共有でもあり、そしていわゆる食通がじつは女性に稀有《けう》である限り、これは男親と子ども、とくに酒をくみかわす息子に限られた喜びのひとつといえるのかもしれない。

父親の収穫の家族への分配

人間に限らず、親と子どものスキンシップを育《はぐく》むいちばん端的な術は、親が自分の力で獲得してきた獲物を子どもたちの前に披瀝《ひれき》してそれを分かち与うことだと思う。よくテレビや映画で、ライオンやチータといったハンターの動物たちが自分が捉えてきた獲物を子どもたちの前に投げ与え、子どもたちがそれをむさぼり食うのを親が見ているシーンを目にするが、それこそ、子を育てるための親の責務の遂行であり、またそこにこそ子どもと親の真の関係、子どもの親にたいする信頼、敬愛、親の子にたいする愛情が育まれていくのではないだろうか。

ボブ・グリーンのコラムに、今日アメリカにおいても、憂われている父権の喪失のエピソードとして、アメリカ人のもっとも嗜好《しこう》する食べ物のローストビーフ、これは本来あくまで各家庭で作られるべきものだが、それをかつての家庭では母親が作り、できたてのローストビーフを、舌なめずりする子どもたちの前で、父親が腕を振るって家伝来の大きなナイフとフォークで切り取って与える、というシーンへの、懐旧の念が綴られていた。たしかに、垂涎《すいぜん》のローストビーフを目にしながら、子どもたちが、父親の腕が振るわれて、できうれば自分により厚い肉がくばられることを期待し、眺め待つことで、父親にたいする尊敬が育まれ、また、それを公平に行なうことで父親の信頼が獲得されたに違いない。

しかしグリーンは、「昨日まではアメリカの男なら乞食でもローストビーフの切り方は知っていたが、それが一夜明けたら、頭に銃を突きつけられてもローストビーフなど切ることもできない男だらけになってしまった。父親の世代は誰にそれを教わったのだろうか。そして何故、父親の世代は息子たちにそれを教えようとしなかったのだろうか」と書いている。ようするにそれは生活のソフト化の問題だろう。

私が自分の手でナイフを下ろして君らに分配を施す術は、今日では、スイカを切って与えるということぐらいだが、こんな挿話を目にすると、私にも思い起こされることがある。

前にも記したが、北海道で過ごした少年時代、気候のいい日曜には、父といっしょに銭函のゴルフ場に兄弟して出かけたが、その帰りに父が、銭函の農地でとれた新鮮なイチゴを買って帰り、家に帰って、食後にイチゴミルクを作ってくれたものだった。多量のイチゴが大きな切子のガラス鉢に投げ込まれ、牛乳がそそがれ、砂糖がばらまかれて、父が大きな手でそのイチゴを潰し、何ともいえぬ芳香がたちこめる中で、父がまさしく父の手によって、少年にとって耐えがたい美味のイチゴミルクが作られていった。

さらに父がそれを大きなスプーンで、小さなボールに分かち与え、そして、それが多かったか少なかったかわからぬが、ともかくも大きな鉢に残ったイチゴミルクを、父が大きな鉢ごと食べるのを目にしながら、私たちは父親の分配に期待し、かつイチゴミルクを満喫したものだった。

そうした分配に関する父親の権威というものを、私たちは現在の家庭でもこれからの家庭でも、育て続けていくべきでないかと思う。考えてみると、私の代になって、君たちに父親の権威を振りかざしての分配を押しつける習慣はやや希薄になってきたような気がするが、それは、年々歳々《ねんねんさいさい》、金額を公表しながら行なう、お小遣い、お年玉の分布でありもするし、時たま開けるビンテージの値打ちもののワインを、みんなにふるまう時、私は家長の私と君たちの母親にたいする取り分と、君たちの飲み分を明らかに区別していると思うし、それがまた、まともだと信じている。

繰り返して言うが、父親は自分の努力で勝ち得た収穫の、家族にたいする分配の責任と権威を何らかの形で持続すべきだし、またそこにこそ、戦う家長である父親の権威が保証されるのではないだろうか。

父と息子の旅

旅といえば、父と息子がいっしょにする旅は、いろいろな発見があり、さまざまな思い出が作られて、素晴らしいものだと思う。私が高校一年のころ、父に誘われて学校をさぼり、京都へいっしょに旅したことがある。父はわざわざその時のために、自分の背広を私のために仕立て直してくれて、私はストライプの背広を着て列車に乗ったものだった。

いろいろな思い出がちりばめられているが、京都で泊まった祇園の料理屋で父といっしょに酒を飲んだ後、私は子どものために酔いが回って眠くなり、一足先に二階に設《しつら》えられた床に入ったが、布団が薄すぎないかと心配して付き添ってくれた小奇麗な仲居さんがいつまでも枕元から離れないので、性に敏感な少年としては、これは案外、父が思い出のこの祇園の地で、息子に一人前の男になれと気をきかしてくれたのではないかなどと妄想し、床の中で真剣にそれを考え、布団が少し薄すぎるとか厚すぎるとか注文をつけて彼女の足を引き止め、その間、思い切って彼女の手を握るべきであるかべからざるかを真剣に迷って考え続けたが、結局臆して止めてしまった。

後にその料亭で、京都出身の大学の同級生たちと食事し酒を飲むたび、そんな思い出話を披露して、仲間らからは冗談に、

「どうしてその時、親父の好意に酬《むく》いて、手を握らなかったのだ」

などと冷やかされるが、私には父との旅が培ってくれた少年の妄想がいかにも懐かしく、私の性的な発育の記憶の中で、忘れ得ぬエピソードにもなっている。もしその時実際に彼女の手を握って騒動が起こったなら、父親はいったいどんな顔をして対処してくれたことだろうか。

長男が小学校から慶応の普通部に合格した時、お祝いも兼ねて、私が総隊長をして赴《おもむ》いた三浦雄一郎のエベレスト滑降のベースキャンプまでいっしょに旅したことがある。二人で危うげな山岳飛行機に乗って飛んだヒマラヤ山脈の印象、あるいはポカラの斜めにかしいだ、着陸に失敗した飛行機の残骸が二つ三つ見られる飛行場の強烈な印象など忘れ難いが、私にとってもそうだったが、長じてから伸晃が私に打ち明けた、アンコールワットを見に行ったカンボジアのシェムレップという小さな村での恐怖の体験は、忘れることができない。

タイ国から飛んでいったのだが、タイ国の飛行機会社の不手際で、どういうわけか帰りの飛行機がコンファームされていない。ホテルのカウンターではどうにもならぬという。仕方

なしに、航空会社の現地の支配人が住んでいるという隣りの町まで私ひとりで出かけたのだが、シェムレップのひなびたホテルの一室に、伸晃を残して、私が帰るまでの二、三時間、決して部屋から出ぬようにと言い含めて出た。行き先の支配人の家で、支配人が仕事から遅れて帰ってきたせいもあって待たされ、二時間の約束が結果として五時間もかかったものだが、それでも何とか切符の手配はついたが、そこでもし事がうまくいかなかったならば、私は車を雇って国境の道を越えタイ国に入る以外ないと覚悟していた。

その前日、車で回って見たアンコールワット近辺の田舎の寒村に、すでに赤旗を立てたベトナムの小型のタンクやベトナム兵の姿が見え隠れしていて、この国の緊張が迫っているのが肌で感じられたが、私としては下手をすると親子がこのカンボジアで行方不明になり、生き別れになるのではないかと真剣に考えた。

後でわかったたが、カンボジアの内戦が本格的に火を吹くわずか一週間前のことだった。同じことを伸晃も子どもなりに感じていたようで、今までの人生の経験の中で、あのホテルで二時間を過ぎてもまだ帰らぬ父親を待ち続けている間の、身も細るような、魂が絶え入るような寂しさと恐怖を忘れることができない、と後になって打ち明けてくれた。私たちは幸いに無事飛行機に乗ってタイへ戻り、日本に帰ってこれたが、あのシェムレップでの午後、二人が言葉は交わさなかったが離れ離れになっている間感じたものは、肉親の絆への何と言おう、体が震えるほどの懐かしさと執着だった。私にとっても生まれて初めての体験だったし、子どもにとってもおそらく一生これからも味わうことのない体験に違いない。私たちがあの時感じたものは、前にも述べた、輪と輪でつながった鎖がひきちぎられるのではないかという恐怖だった。

息子たちへ　敬具

私は十五年ほど前に、『スパルタ教育』等一連の子どもへの教育論をものし、各方面から大きな反響をいただいた。

あれからさらに月日が流れ、四人の息子たちもそれぞれ社会人、大学生となり、長男はそろそろ結婚、末っ子も大学三年生という今、父親から息子への一方的なメッセージではなしに、男同士のふれあいをもった人生の手紙となるような小冊子をまとめてみた。

息子たちもまた、そう遠くない将来、家庭を持ち新しい父親となっていくだろう時に、父親とは何なのか、父親とは子どもたちの人生でどんな位置を占めるべき人間なのかを、あらためて考え直してみたいと思った。

私の父は比較的若くして亡くなったが、それでもとうぜんのことだろうが、私は、私を愛してくれた父から、有形・無形にじつに多くのものを与えられている。それが年を長じるほどわかってくるのも不思議である。

近ごろ、父権の喪失とか父親不在などとしきりに言われるが、そうした家庭が家として栄えるはずはないし、そうした家族のなかにまっとうな人間が育つわけもない。

世に完璧な父親などいるはずがないが、しかし、完璧でないがゆえに父親は人の子の親でもあるに違いない。ならば何をもって父親らしさとするかだが、それは所詮さまざまな愛の形の問題でしかない。

ただ一つ言えることはたがいの無関心からは何も生まれてきはしないことだ。

そして子どもほど、あるいは親ほど、人間にとって興味のある存在はないのではないだろうか。

私の家に古い三冊のアルバムがある。一冊は私、他の一冊は弟裕次郎、そして三冊目は私と弟二人の写真が丹念に貼られ、その下に、黒い台紙に白いインクで、写真に関してのメモが父の達筆で記されてある。写真のほとんどは、当時はまだ珍しかった素人写真家としての父が撮ったものだ。その中に、私にはとくに印象的な一枚の写真がある。ある日曜日、家族

◉前列左から石原まき子夫人、石原慎太郎、妻の典子夫人、石原裕次郎。後列左より四男延啓、三男宏高、次男良純、長男伸晃、石原プロ小林正彦専務。

していったピクニックの路上で、私たち兄弟が、道ばたの何か草花をとって、二人で並んで見入っている後ろ姿のスナップである。我が子とはいえ、その後ろ姿を写真にまで撮るという父親は珍しい。

眺める度、私は私たち二人きりの兄弟にたいする父の視線を感じぬわけにはいかない。そしてその視線にこめられた、父の、私たちにたいする愛着はもとより、期待や懸念や、ともかく並みならぬ関心を感じとることができる。

それを逆にたどることで、私には私を叱った時の父の荒い息遣い、私の頬に鳴った父の厚く重い手の感触、何かで私を褒めて満足そうに笑う父の声がまざまざと蘇《よみがえ》ってくる。

父が急逝した折り、父の死に顔を眺めながら、私は父と私との関係が絶対にこれ限りで終わったのではないという強烈な予感を感じ続けていた。

その感慨は、何故か私自身の子どもが大人になればなるほど強まってきたような気がする。子どもたちが長じるほど、私は彼らに私の父親について語って聞かせるし、このごろでは逆に子どもたちから、何かに関しておじいちゃんはどうだったとか、おじいちゃんならどうしただろうとか、質《ただ》されることとさえある。それを聞きながら、私は一族という鎖が私の前後でしっかりとつながっているのをあらためて覚ることができる。

そして自分が、母親だけではなしに、まさしく父親からも生まれたのだ、ということを感得できるのだ。

今の私には、息子たちがやがてどんな男になり、どんな父親になるだろうかが、ひとり我が家のためではなく、じつは広く世間のためにも尽きせぬ興味がある。

私は息子たちが、私にはなりきれなかった、私にとっての父親のような父親になってくれればと願っているのだが。

何にせよ、いかなる時代であろうと、人間が親と子の関わりでつながっていく限り、すでに死そうと、未だに生があろうと、父親はいつでも子どもたちの内に、子どもたちのためにこそいつも蘇って有らなければならない。

初出

『石原慎太郎短編全集』「水際の塑像」（新潮社）
『スパルタ教育』「親は自分の生活にプライドを持っていることを知らせよ」
「親父は財産を残さないとつねに言うこと」「子供をなぐることを恐れるな」（光文社）
『男の海』「一点鐘」「太平洋の悪夢」（集英社）
『大いなる海へ』「彼女の名は」（集英社）
『拝啓息子たちへ―父から四人の子へ人生の手紙』（光文社）
サンデー毎日連載「裕次郎のつづり方」より「父のこと」

本作品は石原慎太郎氏の著作権継承者の了解のもと、おおむね初出版を元に掲載しましたが、中には生前、石原慎太郎氏が手を入れたものも収められています。

編集人より

石原慎太郎

1932年神戸市生まれ。一橋大学卒。

55年、大学在学中に執筆した「太陽の季節」で第1回文學界新人賞を、翌年芥川賞を受賞。

『化石の森』（芸術選奨文部大臣賞受賞）、『生還』（平林たい子文学賞受賞）。

弟の石原裕次郎との兄弟愛を綴ったミリオンセラー『弟』や田中角栄を描いた『天才』など、
多くのヒット作を生んだ、日本文学を代表する人気作家の一人である。

また元衆議院議員、元東京都知事としても活躍、世代を越えて多くの人に愛された。

2022年2月1日、逝去。享年89。


カバー、口絵と文中に使用させていただいた写真は、すべて故石原慎太郎氏、石原裕次郎氏の御遺族から提供されたものです。

協力：㈱石原音楽出版社

父のしおり

憧憬

二〇二三年一月一日　第一刷発行

著者――石原慎太郎

編集人　発行人――阿蘇品 蔵

発行所――株式会社青志社

〒一〇七-〇〇五二　東京都港区赤坂5-5-9　赤坂スバルビル6階

（編集・営業）

TEL：〇三-五五七四-八五一一　FAX：〇三-五五七四-八五一二

http://www.seishisha.co.jp/

本文組版――株式会社キャップス

印刷・製本――中央精版印刷株式会社

ISBN 978-4-86590-150-4 C0095